슈퍼 루키

슈퍼루키

김영리 장편소설

배구란?

네트 너머로 공을 넘겨 상대 팀 코트 바닥에 닿으면 이기는 구기 스포
츠다. 경기는 세트로 진행되며 한 세트를 따내려면 최소한 2점을 앞선
상태에서 먼저 25점을 얻어야 한다. 총 5번의 세트 가운데 3번을 먼저
이겨야 최종 승리를 거두며, 마지막 5세트는 15점을 얻으면 끝난다. 경
기 중에는 주로 손을 이용하고, 공은 3번의 터치 이내로 상대편에 보내
야 한다.

배구 포지션

아웃사이드 히터
세터에게 공을 토스 받아 상대 팀의 블로킹을 피해 공격하는 공격수. 두 명
의 선수가 대각으로 맞물려 돌아가면서 각각 전위, 후위를 맡는다.

세터
공을 다른 공격수에게 토스하는 선수. 세터의 토스는 팀의 공격에 핵심적
인 역할을 하며, 공격수들을 지휘한다.

미들 블로커

메인 공격수라기 보다 보조 공격수로 서브 시작과 동시에 전위 중앙에서 전위 블로커들을 지휘하며 상대 스파이크를 저지한다.

아포짓 스파이커

주로 오른쪽 공격을 도맡아 하며, 수비보다는 공격 비중이 높은 포지션.

리베로

상대방의 공격을 디그하거나 서브를 리시브하는 역할을 하는 수비 전문 포지션. 공격에 가담할 수 없다.

배구 기술

서브

라인 밖에서 네트 너머로 상대 코트 안에 공을 쳐서 보내는 기술. 반드시 팔이나 손의 일부를 사용해야 한다.

리시브

상대 팀에서 넘어오는 공을 되받아 치거나 되돌리는 기술. 서브를 받아 올리는 서브 리시브 외의 상황에서 공격을 받아내는 것은 디그라고 한다.

스파이크

가장 효과 있는 공격으로, 상대 코트 안으로 공을 강하게 때려 넣는 기술. 높이 뜬 공을 상대편 코트 빈 자리에 내리쳐야 하므로 높은 점프력이 요구된다.

블로킹

상대 팀에서 넘어오는 공격을 네트 앞에서 차단하는 수비 기술. 전위에 위치한 선수만 블로킹을 할 수 있으며, 네트 가까이 있는 선수가 손을 들어 일종의 수비벽을 만드는 동작이다.

차례

나의 네모

나의 꿈은 네모 안에 들어가는 것이다.

길이 18미터, 너비 9미터의 직사각형 배구 코트에서 오늘은 뛸 수 있을까. 하얀 선으로 네모반듯하게 그어진 경기장을 바라보는 것만으로 심장이 거세게 뛰었다.

어느 해보다 뜨거운 여름, U18 아시아선수권대회가 태국에서 열렸다. 내가 입은 붉은색 유니폼에는 심장과 가장 가까운 곳에 태극 마크가 새겨져 있었다. 나는 한 손으로 왼쪽 가슴을 꾹 누르며 나콘빠톰 스포츠센터 경기장을 바라보았다.

"구나인! 공!"

코치님이 나를 부르는 소리에 옆구리에 끼고 있던 공을 들고 뛰었다. 시합 전 주전선수들의 몸풀기가 시작되었다. 경기장 스피커에서 태국 노래가 흘러나오는 동안 선수들은 리시브를 연습했다. 감독님이 각기 다른 방향으로 공을 때리면 주전 선수들이 몸을 날려서 날아오는 공을 받아 쳤다. 그사이 다른 선수들은 사방으로 날아간 공을 부지런히 주워 다시 바구니에 넣었다.

대외적으로 알려진 나의 강점은 또래보다 키가 크다는 것이었다. 마지막으로 쟀을 때 키는 185.2센티미터였다. 배구에서 키는 중요하지만 그게 꼭 전부는 아니다. 감독님은 출국 전 인터뷰에서 청소년 국가대표팀 내 유일한 중학생인 나를 뽑은 이유를 이렇게 밝혔다.

'경험은 적지만 빠른 순발력으로 몸을 사리지 않고 적극적으로 리시브한다.'

하지만 태국에 도착해 조 예선을 치르고 여기까지 오는 동안 나는 한 번도 경기장에 서지 못했다. 나는 주전 선수가 아니었다. 이번 대회에서 3위 안에 들면 내년 여름 크로아티아에서 펼쳐지는 U19 아시아선수권대회 참가권이 주어진다. U19 때는 전체적으로 다시 라인업이 꾸려질 텐데, 주전으로 뛰려면 여기서 나를 증명할 기회가 꼭 필요했다. 나는 코트에 설 수 있기를 간절하게 바랐다.

오늘 우리가 상대할 팀은 중국이었다. 아래위로 노란 유니폼을 입은 그들 역시 왼쪽 가슴 위에 국기가 새겨져 있었다.

전력 분석관 말에 따르면 중국 선수들의 평균 키는 184.8센티미터였다. 반면 우리팀 평균 키는 177.3센티미터. 때로는 배구공 반 개 높이로 승부가 갈리는 배구 경기에서 상대 팀과의 키 차이는 우리에게 큰 부담으로 다가왔다. 몸을 푸는 내내 모두의 표정에 긴장감이 서려 있었다.

감독님은 점프로 키 차이를 메우고, 합숙 훈련에서 연습한 대로 빠르게 움직여 민첩성으로 승부를 보면 된다며 우리를 격려했다. 상대 팀에서도 우리를 주목하는 게 느껴졌다. 벤치에 앉아 운동화 끈을 매는 겨울 선배를 가리키며 무어라 이야기하는 것 같았다.

올해 고등학교 2학년인 은겨울 선배는 178센티미터의 장신 세터다. 이번 대회에서 주목받는 선수 중 하나로 명실상부 우리 팀 에이스였다. 겨울 선배는 끈 모양이 마음에 들지 않는지 아까부터 계속 끈을 풀었다가 다시 매기를 반복하고 있었다.

천하의 겨울 선배도 떨리는 걸까, 나처럼?

오늘 중국의 벽을 넘으면 우승에 한 발 더 가까워질 수 있었다. 그래서 감독님부터 선수들까지 모두 승리를 바라는 마음이 간절했다. 나는 공을 더 빠르게 주워 감독님께 전달했다.

몸풀기 시간이 끝난 후, 휘슬이 크게 울리자마자 경기가 시작되었다. 초반부터 긴 랠리가 이어지다 디그에 실패하면서 공이 우리 쪽에 떨어졌다. 전광판 쪽으로 눈을 돌리니 0에서 출발한 숫자가 바뀌어 있었다. 상대 팀이 먼저 점수를 내면서 1이 붉게 반짝였다.

우리 팀에 정적이 흐르면서 순식간에 주변 공기가 차가워졌다. 이 정적이 길어져선 안 돼. 상대가 고작 1점 먼저 앞서갔을 뿐이라고. 나는 공기가 빙하처럼 단단하게 얼기 전에 정적을 깨고 싶었다. 두 손을 모아 확성기 모양을 만들고 외쳤다.

"겨울 선배, 파이팅!"

바로 옆에 있었다면 괜찮다고 팔을 두드려 주었겠지만, 내가 선 위치는 웜업존이었다. 표시된 구역에서 벗어나면 안 되기 때문에 후보 선수들이 몸을 풀며 대기하는 웜업존을 닭장이라고 부르는 사람도 있었다. 그렇지만 나에게 이곳은 코트 뒤쪽에서 경기를 넓게 바라볼 수 있는 가장 좋은 위치이자 주전선수들을 누구보다 큰 소리로 응원할 수 있는 곳이었다.

감독님이 세터를 향해 손가락으로 사인을 보냈다. 겨울 선배가 소리를 지르며 다시 몸을 움직이자 얼음 같던 분위기가 깨졌다. 나는 웜업존에서 다른 선수들과 함께 미리 준비한 율동도 하며 누구보다 열심히 응원했다. 그리고 순식간에 우리가 1세트를 가져왔다.

하지만 2세트는 우리가 졌고, 3세트는 엎치락뒤치락 이어지다 상대가 앞서 나가기 시작했다. 초조함 때문인지 블로킹 이후 착지하는 과정에서 주장 성희 선배의 몸이 옆으로 기울었다. 무릎 통증이 도진 것 같다는 팀닥터의 말에 감독님은 선수 교체를 요청했다.

감독님이 몸을 돌려 내 이름을 불렀다. 나는 화들짝 놀란 마음을 부여잡고 게임 체인저 역할을 해내겠다고 다짐하며 코트로 달려 들어갔다. 코트에서 보는 시야는 웜업존에서 보던 것과 달랐다. 드디어 나에게 기회가 왔다. 내 안에 에어백을 채우듯 깊게 숨을 들이켰다.

잘하자. 잘해야 한다.

경기가 재개되었다. 나는 네트 앞쪽에서 반걸음 빠르게 움직여서 공을 리시브했다. 내가 원하던 방향과 속도로 공이 넘어가면서 속공으로 득점 성공이었다! 득점은 점수를 18 대 18 동점을 만들었다. 심장이 꼭 발바닥에서 뛰는 것 같았다.

상대 팀에서 다시 에이스를 투입하면서 숨 막히는 랠리가 이어졌다. 1점을 빼앗기자 우리 쪽에서도 리베로를 빼고 아포짓 스파이커를 투입했다. 매서운 공격으로 반드시 득점하겠다는 의지였다.

20 대 19. 경기는 막바지를 향해 달려가는데, 우리 쪽에서 범실이 나왔다. 상대 코트 위에 높게 뜬 공을 바라보며 고개를

뒤로 젖혔다. 나는 머릿속으로 빠르게 수싸움을 했다.

스파이크로 5점을 득점한 상대 세터가 전위에서 2단 공격을 시도할까. 아니면 전위에 있는 다른 공격수가 나설까. 그중 가장 가능성 있는 건 194센티미터의 아웃사이드 히터 14번. 1세트에 비해 몸이 느려진 걸 보니 세터는 지친 것 같았다. 그렇다면 안전한 선택을 하겠지. 나는 상대편 에이스 14번 쪽으로 집중했다. 이제 마지막 수싸움. 14번이 공격을 한다면 어느 코스를 노릴 것인가.

그때, 예상대로 상대 세터가 공을 14번 쪽으로 토스했다. 나는 14번의 머리만 보았다. 웜업존에서 파악한 바로 14번은 자신이 공을 보내려는 방향으로 머리를 까딱 움직이는 버릇이 있었다. 잡았다, 요놈!

리베로가 빠진 상황에서 아웃사이드 히터인 내가 해야 할 일은 분명했다. 감독님이 나에게 기회를 준 이유는, 선발 테스트 때 리베로보다 플라잉 디그를 많이 시도할 정도로 리시브에 진심이었기 때문이다. 지금이 내가 왜 이 자리에 있어야 하는지 증명할 수 있는 순간이었다.

나는 공을 따라 오른쪽 끝으로 이를 악물고 달려갔다. 그리고 점프를 해 언더 토스로 공을 올렸다.

됐다!

공을 올리자마자 안도하며 시선을 내렸는데, 바로 코앞에 겨울 선배가 엉거주춤 팔을 뻗은 채 놀란 얼굴로 나를 보고 있었다. 센터인 선배 역시 공을 올리려고 뒤쪽에서 달려온 상황이었다. 겨울 선배와 나는 급한 마음에 사인 없이 오직 공만 본 채 달렸고, 서로 부딪치기 직전이었다. 머릿속에서 빨간불이 깜빡였다.

절대 부딪치면 안 돼!

서로 충돌하는 순간 큰 사고로 이어지리란 걸 직감했다. 다행히 몸이 빠르게 반응했고, 순간 쾅 소리가 경기장에 울렸다. 큰 소리에 놀랐지만, 겨울 선배는 괜찮아 보였다. 아무도 다치지 않아 다행이라고 생각했다.

한숨 돌리고 나서 보니, 나는 바닥에 쓰러져 있었다. 급하게 뒤로 물러서다 균형을 잃고 미끄러진 것이다. 멋쩍게 웃으며 일어나려는 순간, 발목에 통증이 느껴졌다. 나를 일으키려고 손을 뻗은 겨울 선배를 반사적으로 꽉 잡았다. 겨울 선배가 얼굴이 하얗게 질린 채 감독님을 다급하게 불렀다. 감독님이 팀닥터와 함께 달려왔다. 바로 병원으로 가야 한다는 팀닥터의 무거운 목소리가 들려왔다.

"전 괜찮아요……."

무너지는 천장을 받치고 있는 것처럼 목소리가 떨렸다. 계속 뛸 수 있다고 했지만 아무도 내 말을 듣지 않았다. 장내가 술렁이기 시작했다. 나는 분주해진 스태프와 의료진에 둘러싸여 들것에 실려 나갔다. 의지와 상관없이 코트에서 점점 멀어지고 있었다. 내 주위로 절취선이 그려진 것만 같았다. 금방 눈물이 차올랐다. 꿈에 그리던 코트에서 드디어 기회를 잡았는데, 얼마나 바라던 순간이었는데…….

천장을 가득 채운 하얀 조명 빛에 눈을 뜰 수가 없었다. 나는 눈을 질끈 감은 채 되뇌었다.

괜찮아질 거야.

1000만분의 1데시벨로 말해보지만, 그 말은 내 마음에 닿지 않았다.

평범해질 순 없잖아

내가 공과 사랑에 빠진 건 10년 전이었다.

그 시절 여섯 살 꼬맹이에게 주어진 인생 최대 과제는 '오늘은 놀이터에서 뭐 하고 놀까'였다. 엄마는 내가 어찌나 활달한지 태동부터 범상치 않았다고 했다. 동네를 천방지축으로 뛰어다니는 모습을 보면서는 수압 조절이 안 되는 샤워기 같다고 표현하기도 했다. 당시 놀러 가서 찍은 가족사진을 보면 하나같이 다 비슷했다. 나는 잠시도 가만있질 못해 심령사진처럼 흔들린 모습이었고, 부모님은 행복하지만 조금 피곤한 얼굴로 옆에서 웃고 있었다.

놀이터에서 뭐 하고 놀지가 가장 큰 고민인 나에게도 늘 어려운 질문은 있었다. 미끄럼틀을 타는 것도 쉽고, 빨리 달려가서 그네를 1등으로 차지하는 것도 쉬운데, 어른들이 나만 보면 건네는 질문 하나가 매번 어렵게 느껴졌다. 어디를 가도 누구를 만나도 늘 같은 질문이 날아왔다. 넌 꿈이 뭐니? 우리 나인이는 커서 뭐가 되고 싶어? 생각해 보면, 그건 나에게만 한정된 질문은 아니었다. 어른들은 아이들만 보면 시도 때도 없이 꿈을 물었으니까.

처음엔 귀찮아서 아무렇게나 대답했다. 수요일엔 금박지에 싸인 초콜릿이 되는 것이라고 새침하게 말했다가, 금요일엔 언제 그랬냐는 듯이 짝꿍을 따라 공룡으로 바뀌었고, 일요일엔 뱃속에 물이 가득한 소방차가 되는 것이라며 양손에 물총을 들고 뛰어다녔다. 내 꿈이 얼토당토않을수록 어른들은 더 크게 웃으며 좋아했다. 내게 꿈이란 매일 바뀌는 간식의 종류처럼 아무거나 될 수 있었고 무엇이든 가능했다.

그러던 어느 날, 꿈은 놀이터에서 일어난 아주 사소한 일로 정해졌다. 평소처럼 열심히 놀다가 뭔가 허전해서 보니 앞니가 빠지고 없었다. 엄마는 누구나 다 겪는 일이라며 괜찮다고 위로했지만, 나는 하나도 괜찮지 않았다. 앞니가 빠진 게 문제가 아니라 빠진 앞니를 찾을 수 없다는 게 문제였다. 이빨 요정에게 보내려고 소원 편지도 다 써두었는데! 나는 세상이 무너진 것처럼 엉엉 울었다.

그날 저녁, 부모님은 서럽게 우는 나를 달래려고 배구 경기장에 데려갔다. 부모님은 나보다 더 오래전부터 배구를 사랑하는 분들이었다. 경기장 안에는 관중석에 가득 찬 사람들이 모두 한곳을 바라보며 목이 터지도록 응원하고 있었다. 아빠는 코를 훌쩍이는 나를 한 팔로 안은 채 저기를 보라며 손가락으로 아래쪽을 가리켰다. 아래쪽에는 네모 위로 공이 날아다니고 있었다.

타앙!

스파이크에 성공하자 선수들이 환호성을 내질렀고 관중석에선 함성이 터져 나왔다. 하지만 그 순간 내 심장을 사로잡은 건 공이 코트에 꽂히면서 나는 소리였다. 나도 저런 멋진 소리를 만들고 싶어! 가슴이 끓었다.

그날 이후, 나는 부드럽고 말랑말랑한 곰 인형 대신 탄탄한 배구공을 가슴에 꼭 끌어안고 살았다. 잘 때도, 밥을 먹을 때도 내 심장 가장 가까운 곳에는 언제나 배구공이 있었다.

나는 만나는 사람들에게 먼저 다가가서 말했다. 내 꿈은 우주 최강의 배구선수라고. 네모에 들어가는 거라고. 막내 고모는 다음 주면 또 경찰차나 티라노사우루스 같은 걸로 꿈이 바뀔 거라며 놀렸다. 하지만 나는 이번엔 절대로 안 바뀐다고 큰소리쳤다. 그 후 나는 10년 동안 내 꿈을 지켜왔다.

동네방네 꿈을 말하고 다닌 지 2년이 되던 해, 나는 엄마 손을 잡고 배구 명문으로 알려진 정예초등학교에 입학했다. 나는 초등학교 때부터 유명했다. 4학년 때 이미 170센티미터가 넘었기 때문이다. 아빠를 닮아 배구 유전자가 DNA에서부터 코딩되어 태어난 것처럼 시작부터 남들보다 앞서 있었다.

정예중학교 때도 달라질 건 없었다. 나가는 대회마다 올라운더로 개인상을 휩쓸었고, 항상 이마에 '기내주'라고 쓰여 있는 기분이었다. 모두가 난다 긴다 하는 애들 사이에서도 내가 독보적이라고 말했다. 나는 경기가 끝나고 나서도 "한 게임 더!"를 외치고 싶을 정도로 세상에서 배구만큼 재미있는 게 없었다. 전국체전 5년 연속 우승에 빛나는 정예고등학교 입학도 거의 확정되어 있었다.

중학교 2학년 겨울방학, 전국적으로 이루어진 선발 테스트를 통과해 청소년 국가대표로 뽑혔을 때만 해도 열여섯 살에 수술대에 오르게 될 줄은 몰랐다. 벼르고 벼르다 처음 출전한 경기에서 발목 부상으로 귀국이 결정되었다. 아빠는 공항까지 한달음에 달려왔다. 곧바로 큰 병원에서 정밀검사 후 수술 날짜가 잡혔다. 병명은 왼쪽 외측 비골 골절, 수술 후 회복까지 12주가 필요하다고 했다.

수술을 받아야 한다는 게 무서웠지만, 가을에는 다시 배구를 할 수 있다는 생각에 안도했다. 중학교에서 마지막으로 참가할 수 있는 CBS배를 놓치는 것도 아쉬웠다. 그래도 고등학교 때 상을 더 많이 타면 된다고 자신을 위로했다. 그리고 처음으로 훈련 없는 방학을 보냈다.

9월 초, 나는 예정보다 빠르게 코트로 돌아갔다. 몸이 근질거려서 참을 수 없었다. 아니, 사실은 이렇게 쉬는 동안 뒤처지진 않을까 불안했다. 지금까지 에이스 자리는 줄곧 내 것이었다. 다른 누구에게도 빼앗길 수 없었다.

복귀 후 인근 중학교와 치른 친선 경기에서 전에 없는 실수를 저질렀다. 숨 쉬는 것처럼 당연하게 하던 동작, 호흡, 속도, 점프 모든 게 엉켰다. 오랜만에 뛰는 거라 아직 감이 돌아오지 않아서 그런 척했지만, 나는 알았다. 분명 실수가 아니었다.

회복이 빨라서 의사 선생님과 상의하에 수술 후 9주 차부터 혼자 개인 훈련을 시작했다. 그리고 10주 차에는 몸이 예전처럼 가벼워진 것을 느꼈다. 혼자 연습하며 뛰고 점프하고 볼을 때릴 때는 없던 문제였다. 그러나 실전은 달랐다.

하필 그날은 정예고 감독님이 재활 경과도 확인할 겸 내 복귀전을 보러 온 날이었다. 경기를 보는 감독님의 미간이 3세트 내내 좁혀져 있었다. 감독님은 경기가 끝난 뒤 좀 더 연습하면 나아질 거라며 내 어깨를 두드려 주었다. 하지만 이틀이 지나도, 일주일이 지나도 몸은 올라오지 않았다.

태국에 가기 전보다 실수가 더 많아졌고 리시브, 스파이크, 디그, 그 어떤 것도 제대로 해내지 못했다. 이제 막 배구를 시작한 초보처럼 헐떡이며 공을 따라가기에 바빴다. 그리고 내가 달려서 도달해야 할 자리보다 매번 한 걸음 뒤였다.

코트에만 서면 몸이 긴장됐다. 내가 가장 좋아하는 놀이터였던 코트가 어느새 지옥이 되었다.

코트에서 흔들리기 시작한 뒤로 아빠와도 삐걱거렸다. 나는 5년 전부터 할머니, 막내 고모와 함께 셋이 살기 시작했다. 할머니 집이 정예초중고 근처라서 통학하기에 편했기 때문이다. 반면 아빠는 직장이 멀어서 그 근처 월세방을 구해 지내다가 주말에만 할머니 집으로 왔다.

열두 살에 배구를 시작한 아빠는 세터 출신으로 프로 데뷔 후 3년 만에 팀에서 방출되었다고 했다. 실업팀에서 뛰다가 재수 끝에 프로에 진출한 오뚝이였지만 결정적인 순간에 뚜렷한 성과를 내지 못하자 바로 정리된 것이다. 내가 엄마 뱃속에서 막 꼬물거릴 때였다.

그 후 아빠는 자신을 불러주는 곳이면 어디든 달려갔다. 일당을 벌 수 있다면 몸이 상하는 것도 마다하지 않았고, 필요한

지도자 자격증도 착실히 땄다. 아빠는 보따리 장사를 하듯 여기저기 옮겨 다니며 코치로 일했다. 그러다 작년 가을 아빠에게 중학교 감독 자리 제안이 왔다.

그로부터 얼마 뒤 나 역시 청소년 국가대표로 선발되었다. 그러자 할머니는 구씨 가문에 드디어 대운이 들었다며 마을회관에서 크게 잔치까지 열었다. 집에서는 눈에 넣어도 안 아픈 손녀 노릇을 톡톡히 하고 있어서인지, 할머니는 내가 최근 코트에서 달라진 걸 알지 못했다. 언제나 나를 애틋하게 생각하는 할머니만큼은 그 사실을 절대 모르게 하고 싶었다.

주말이 되면 다른 선수들이 쉬는 동안 평일보다 더 빡빡한 스케줄로 훈련했다. 아빠는 평일에 함께 있지 못한 시간을 훈련으로 보충하려는 것 같았다. 새벽부터 산을 타는 코스로 시작해서 전담 트레이너처럼 내 자세를 고쳐주었다.

학교 코치님은 가르치는 만큼 성장하는 나를 보며 스펀지 같다고 칭찬했다. 하지만 아빠는 꿈을 이룰 때까지 달콤한 말에 해이해져선 안 된다고 거듭 강조했다. 나는 경기마다 주전 선수로 뛰었기 때문에 아빠의 말이 이해되지 않았다. 난 이미 네모의 꿈을 어느 정도는 이뤘으니까. 그러자 아빠가 진짜 끝내주는 네모는 따로 있다고 알려주었다.

"우리 딸, 얼른 태극마크 달고 올림픽 무대에 서야지."

아빠의 꿈은 내가 올림픽에서 메달을 따고 MVP로 뽑히는 것이다. 그 꿈을 위해서는 황금 같은 주말에 게으름 피우며 농땡이 친다는 건 있을 수 없는 일이었다. 위대한 선수들은 남들이 쉬는 동안에도 구슬 같은 땀을 흘리며 훈련한다는 게 아빠의 지론이었다. 나 역시 힘들긴 했지만 꾹 참고 버텼다. 어릴 때부터 아빠가 시킨 연습 덕에 공격수로서는 보기 드물게 수비 능력까지 갖추었다는 평가를 듣게 된 거니까. 하지만.

"내가 알아서 하겠다고. 혼자 할 수 있다니까?"

열여섯 가을, 나는 처음으로 아빠에게 반기를 들었다. 감독님에게 내 상태에 대해 따로 이야기를 들은 건지 아빠는 잔소리가 더 많아졌다. 그러고는 순발력 위주의 맹훈련을 물 마실 틈도 없이 밀어붙였다. 아빠는 느려진 내 모습에 조급하게 몰아붙였고 그 불안은 나에게 전염되었다.

늦은 밤, 아빠와 나는 사람이 없는 낡은 테니스장에서 또 날을 세운 채 대치했다.

"재활 때도 혼자 해보겠다며? 그 결과가 이거야?"

"노력하고 있다고."

"더 노력해야지. 움츠러들지 말고 더 자신감 있게 치고 나가야지, 왜 자꾸 머뭇거려?"

아빠 말은 틀린 게 하나도 없었다. 아빠는 프로 경력이 부족해서 오랜 시간 인정받지 못했지만, 코치로서 누구보다 뛰어났다. 그 증거가 바로 나였다. 열여섯에 청소년 국가대표로 발탁되었으니까. 나는 아빠의 자부심이었다. 하지만 그건 잘할 때 이야기고 과연 지금도 그럴까.

아빠도 정예고 감독님처럼 나를 안쓰러운 눈으로 보는 것 같아 일부러 시선을 피했다. 입을 꾹 다문 채 고개를 숙이고 운동화 앞코만 바라보는데, 아빠가 한숨 끝에 물었다.

"통증 때문이야?"

아파서 그렇다고 하면 뭐가 달라질까. 당장 편해지려고 꾀병을 부리던 동기들이 얼마 지나지 않아 배구를 그만두는 걸 숱하게 보아왔다. 다른 사람을 속일 순 있어도 결코 자신을 속일 순 없으니까. 아빠도 내가 그런 문제가 아니라는 걸 알고 있을 것이다. 의사 선생님과 이미 따로 면담까지 했을 테니까. 나는 거짓말 대신 침묵을 택했다.

"수술하고 쉬면서 몸에 살이 붙어 느려진 걸 수도 있어."

"수술 전이랑 몸무게 똑같은데?"

"근육 무게가 빠지고 살이 붙었는데 그게 어떻게 같아. 식단부터 다시 짜자."

할머니는 내가 수술한다는 말에 그날부터 매일같이 뼈에 좋은 거라며 사골을 고고 보양식에 신경 썼다. 아빠 입에서 식단

이야기가 나오면 분명 할머니는 본인의 탓이라고 생각할 것이다. 그러나 할머니 탓이 아니었다. 살이 쪄서가 아니었다. 내가 못나서였다.

"할머니한테 뭐라 그러지 마. 많이 먹는 만큼 더 열심히 운동하면 돼. 아빠가 그랬잖아. 성장기 애들한테 다이어트 시키는 거 절대 반대라고."

나는 한입 갖고 두말할 거냐며 아빠를 푹 찔렀다. 아빠는 침묵 끝에 나직이 물었다.

"나인아, 혹시 U18 때 사고 때문에 그래? 세터랑 부딪칠 뻔한 게 계속······."

"아니야. 아니라고."

두 번이나 빠르게 부정했지만 아빠는 믿지 않는 눈치였다.

"두렵다고 피해서는 안 돼. 부딪쳐야지. 피하는 건 답이 아니야."

구구절절 옳은 말이었다. 그래서 더 싫었다. 답을 몰라서 이러는 게 아니었다. 머리로는 알겠는데 몸이 안 되니까 미치겠다는 건데, 아빠는 너무 쉽게 이야기했다. 매번 맞는 말만 하는 아빠의 잔소리. 그건 내가 원하는 아빠가 아니었다. 특히 지금 같은 순간에는 더욱더.

애써 아랫입술을 깨물며 감정을 꾹 누르는데, 아빠가 기어이 한마디를 더 보탰다.

"지금 이 순간에도 다른 애들이 얼마나 열심히 하는 줄 알아? 세주만 하더라도……."

"그만해. 맨날 누구는 이랬고, 누구는 저랬고. 다들 나보다 대단하지? 다른 사람들 얘기 듣고 싶지 않아. 나도 열심히 한다고!"

"열심히 한다는 애가 하루가 다르게 퇴보하고 있잖아? 너 어제 연습한 동작이 왜 오늘 다시 그대로야? 훈련하지 않을 때도 이미지 트레이닝을 해야 한다고 몇 번이나……."

아빠의 말이 머릿속에서 쪼개지고 흩어졌다. 배구부 감독님 앞에서는 "네!" 한마디면 끝날 상황인데, 아빠 앞에서는 그게 되질 않았다. 하나를 가르치면 열을 알던 애가 갑자기 밑 빠진 독처럼 굴고 있으니 아빠 입장에서는 화가 나는 게 당연했다. 학교에서도 맨날 감독님과 코치님에게 불려 가서 그 문제로 혼이 났으니까.

"제발 좀……. 먹고 싶은 건 없냐? 한 주 동안 힘들진 않았냐? 영화 보러 갈까? 요즘 뭐가 재밌니? 다른 집 아빠들처럼 그런 거 좀 물어봐. 주말에 고작 이틀 만나면서 잔소리만 하지 말고."

"아빠는 안 쉬고 싶겠어? 오랜만에 보는 딸한테 이런 말 하고 싶겠냐고? 이게 다 너를 위해서…….”

“날 위하지 마.”

“너, 아빠 마음도 모르고…….”

“아빠는 내 마음 알아? 내가 못하는 게 아빠 때문일 거란 생각은 안 해 봤어?”

나는 그제야 고개를 들어 아빠를 보았다. 시선이 수평에서 약간 기울어졌다. 아빠의 정수리가 보일락 말락 했다. 청소년 국가대표팀에 뽑히기 전부터 아빠 키를 넘어선 지 오래였다. 아빠의 눈가가 파르르 떨렸다. 나 역시 눈에 힘을 준 채 물러서지 않았다.

“키 큰 거 믿고 이런 태도로 슬렁슬렁할 거면 이참에 배구 그만둬!”

“못해도 내 꿈이야. 아빠는 잘해서 배구 계속했어?”

그 말이 입에서 나오는 순간, 뒷머리가 삐쭉 섰다. 그런 생각은 단 한 번도 해본 적이 없었고, 언젠간 그 말을 꼭 하겠다고 벼른 적도 없었는데……. 마치 내 손을 맞고 나간 공이 코트 밖으로 멀리 날아가는 것 같았다.

아빠는 말없이 나를 보다가 먼저 눈을 돌렸다. 감정을 들키지 않으려고 피하는 것이었다. 우리는 거울을 보는 것처럼 행동이 닮아 있었다. 굳이 말하지 않아도 내가 쏜 화살에 아빠가 얼마나 상처를 받았을지 오롯이 느껴졌다. 조금 전 일을 컴퓨터 하드디스크처럼 명령어를 실행해 삭제할 수 있으면 좋을 텐데. 후회가 밀물처럼 밀려왔지만, 이미 늦었다. 나는 뒤돌아서 테니스장을 성큼성큼 빠져나왔다.

그런데 막내 고모가 도시락 가방을 들고 테니스장 입구에 서 있었다. 훈련이 길어지자 할머니가 간식 심부름을 보낸 것이다. 언제부터 있었을까. 다 들었을까. 나는 바닥을 팍팍 차면서 도망치듯 내달렸다.

다 싫었다. 나를 다독여 주지 않는 아빠도, 변한 나를 측은하게 보는 감독님의 시선도, 자꾸만 한발 늦게 움직이는 내 팔다리도. 그중 배구도 못하는 주제에 자존심을 세우며 바락바락 소리치는 내가 제일 싫었다.

"누가 둘이 핏줄 아니랄까 봐, 어쩜 부녀 성질머리가 똑같아서는."

할머니는 제사상에 접시를 내리며 혼잣말처럼 중얼거렸다. 아빠와 나를 동시에 보내버리는 촌철살인이었다. 곧이어 막내 고모가 옆에서, 우리가 할 말 못 할 말 참지 않고 터뜨리는 것은 다 입바른 소리 좋아하는 엄마를 닮아서라며 자신을 포함해 광역 디스를 시전했다. 할머니는 끙 소리를 삼키며 막내 고모를 매섭게 흘겼다. 고모는 같이 접시를 치우면서도 지지 않고 한마디 더 보탰다.

"엄마 덕분에 우리 가족이 다 건강하잖아. 어떻게 다들 그 흔한 위장염도 없어. 지난달에 건강검진 받을 때 회사 동료들이 묻더라고. 어떻게 스트레스도 없이 그렇게 위가 깨끗하냐고. 그래서 비결을 말해줬지. 가족 내력으로 속엣말을 죄다 하고 살아서 그렇다고."

막내 고모가 싱긋 웃으면서 접시를 나에게 넘겼다. 나는 부루퉁한 표정으로 접시를 옮겼다. 엄마 기일에조차 서로 한마디도 하지 않는 아빠와 나를 두고 긁는 것이다.

"우리 은정이가 참 순하고 착했는데. 아유, 저 화상을 두고 왜 그렇게 일찍 가서는."

"엄마는 은정이 얘기는 왜 또 하고 그래."

"내가 매년 우리 이쁜 며느리 제사상도 차려주는데, 오늘 같은 날에 말도 못 꺼내니?"

"······."

아빠는 입을 꾹 닫았다. 이제껏 우리 중 그 누구도 할머니랑 말로 싸워서 이겨본 적이 없다. 엄마는 내가 열한 살 때, 장을 보고 오는 길에 갑자기 인도로 질주한 차에 치여 돌아가셨다. 내가 처음 유니폼 입은 걸 보고 누구보다 기뻐한 지 며칠 되지 않아서 벌어진 참극이었다.

아빠는 장례식 내내 술을 한 모금도 입에 대지 않았다. 찾아온 손님들이 상주인 아빠를 위로하며 한 잔씩 건넸지만, 아빠는 붉어진 눈으로 술잔을 응시할 뿐이었다. 경찰 조사 결과 가해 차량 운전자는 면허취소 수준의 혈중알코올농도였던 걸로 밝혀졌다. 그래서 제사상에도 항상 술 대신 엄마가 좋아하던 매실차를 올렸다.

우리는 엄마가 돌아가신 이후, 엄마 얘기만 하면 눈물부터 터져서 그리움을 감추려고 일부러 배구 얘기만 했다. 주말 훈련이 시작된 것도 그때부터였다. 아빠도 나도 가슴속에 뻥 뚫린 구멍을 보지 않으려고 더 배구에 매달렸다. 우리는 오로지 배구에 집중하면서 하루하루를 버틸 수 있었다. 그렇게 시간이 점차 흐르면서 슬픔을 견딜 힘이 조금씩 길러졌다.

할머니는 내 앞으로 고기가 수북하게 담긴 접시를 옮겨주면서 많이 먹으라고 했다. 아빠는 내게 한 소리 하고 싶은 얼굴이었지만, 나는 이내 밥을 크게 떠서 입안으로 욱여넣었다.

"필승이 넌 이번에 올라가서 나인이 고등학교 좀 알아봐라. 석탑고에 배구부 있다고 하지 않았니?"

아빠와 나는 깜짝 놀란 얼굴로 씹던 걸 멈추고 할머니를 보았다. 태연하게 국을 들이켜는 건 막내 고모뿐이었다. 며칠 전

테니스장 다툼 이후, 막내 고모가 발 빠르게 움직여서 석탑고 배구부에 대해 다 알아 온 것 같았다.

"들어보니까 석탑고 감독도 바뀐다던데, 그 윤경주 선수였나? 해설위원 그만두고 석탑고 감독으로 온다며? 필승이 너도 알고 있었지?"

"아니, 엄마는 언제 또 그런걸……. 야, 필순이 넌 엄마한테 무슨 얘길 한 거야?"

막내 고모는 엄마가 시키는 대로 열심히 조사한 죄밖에 없다며 회사 전화를 핑계로 방으로 들어가 버렸다. 그러나 할머니는 결심을 굳힌 듯 단호하게 말했다.

"아무리 운동이 중해도 아빠랑 딸이 이렇게 오래 떨어져 있는 거 아니다. 학교 근처 깨끗한 투룸 아파트로 알아봐라. 혹시 돈 모자라면 내가 보태마."

"아우, 엄마. 오빠가 나이가 몇인데, 그 정돈 알아서 구하라 그래!"

업무로 통화 중이라더니 막내 고모가 방에서 큰 소리로 끼어들었다. 그러거나 말거나 아빠는 할머니를 향해 단호하게 응수했다.

"나인이는 정예고 가야죠. 여자배구부 중에 정예고만큼 시스템이 좋은 데가 없어요. 그 학교 출신 선배들도 다 프로팀 잘 갔고. 명문인 데는 다 이유가 있는 거예요."

아빠 말이 맞았다. 그래서 모두 정예고에 가고 싶어 했고, 나 역시 그랬다. 하지만 정예고 감독님이 날 바라보던 눈빛이 잊히지 않았다. 내가 풍선 인형처럼 허우적거리는 모습을 보고 싸늘하게 굳던 그 표정. 10점 만점에 최소 8점을 기대했는데 -1점을 본 눈빛이었다.

"나인이는 어떠냐? 이참에 새로운 곳에서 시작해 보는 것도 좋을 것 같은데."

"난 할머니 밥이 좋은데."

나는 에둘러 거절했지만, 할머니는 이미 답이 정해져 있었다. 반찬은 막내 고모를 통해서 일주일에 한 번씩 갖다줄 테니 걱정할 필요 없다고 했다. 싫으면 안 가도 되지만 일단 가서 테스트도 받고 직접 학교도 둘러보는 게 어떻겠냐는 할머니의 말에, 나는 방으로 돌아와서도 생각이 많아졌다.

윤 감독님은 나와 같은 포지션인 아웃사이드 히터 출신으로 현역 시절 코트 위를 날아다녔다. 배구선수치고 키가 큰 편은 아니지만 점프력으로 모든 걸 극복한 선수였다. 3센티미터만 더 크기를 바란 적 없느냐는 기자의 질문에, 3센티미터가 더 컸으면 이 점프력은 나오지 않았을 거라는 명언을 남겨서 더 유명했다.

어릴 때 뉴스를 보며 그게 무슨 뜻이냐고 물어보자 엄마는 내 머리를 쓰다듬으며 설명해 주었다.

"신체적 약점을 노력으로 극복해서 재능으로 만들어 버린 거지. 우리 나인이도 앞으로 어떤 어려움이 있어도 다 극복할 수 있을 거야! 엄마는 우리 나인이 믿어."

나를 바라보는 엄마의 눈에는 믿음과 사랑이 가득 차 있었다. 나는 고민 끝에, 할머니 말대로 마음이 기울었다.

며칠 후 아빠와 함께 석탑고로 향했다. 새로 부임한 윤 감독님은 나처럼 짧은 단발머리였다. 화면에서 보던 것보다 훨씬 더 인상이 매서웠다. 하지만 걱정했던 것과 달리 일대일로 이루어지는 테스트는 간단했고, 질문은 평이했다. 덕분에 내 약점이 드러나진 않았지만, 왠지 감독님을 속이는 것 같아 아빠가 통화하러 간 사이 조심스럽게 물었다.

"저 혹시, 저에 대해 더 궁금한 거 없으세요?"

"많지. 근데 그거야 같이 부딪치면서 차츰 알아가면 되는 거고. 요즘 뭐 듣니?"

"네?"

"아까 가방 열 때 보니까 헤드셋 있던데, 음악 들으려고 좋은 거 산 거 아닌가?"

"그냥 이것저것 가리지 않고 다 들어요."

"좋네. 편식 없고."

질의응답은 그게 끝이었다. 근데 나는 그것만으로도 감독님이 너무 좋았다. 아빠가 돌아오자 윤 감독님은 앞으로의 일정을 이야기했다. 내년 1월에 2, 3학년들 하동 전지훈련 끝나고 바로 합류하는 게 어떠냐고 물었지만, 나는 3월에 시작하고 싶다고 했다. 앞으로 고등학교 입학까지 남은 4개월 동안 미친 듯이 훈련해서 약점을 극복한 뒤 달라진 모습으로 코트에 서고 싶었다.

감독님은 그렇게 하라며 내 어깨를 가볍게 두드려주었다. 하지만 아빠는 정예중 감독님과 얘기 좀 해보겠다며 결정을 미뤘다.

우리는 다시 할머니 집으로 향했다. 나는 차에 타자마자 헤드셋을 낀 채 창밖을 보았다. 사실 헤드셋은 아빠와 대화하고 싶지 않아 마련한 위장책이었다. 중고 거래로 싸게 샀는데 처음부터 한쪽이 고장 나 있어서 음악이 잘 들리지도 않았다. 아빠는 나를 집 앞에 내려주며 물었다.

"너 진짜 석탑고 갈 거야? 한번 결정하면 번복은 안 되는 거 알지?"

유소년 선수층이 점점 줄어들면서 인재를 다른 지역으로 빼앗기지 않기 위한 물밑 경쟁이 심했다. 내 경우야 재활훈련을 위해, 아빠와 같이 살기 위해 지역을 옮긴다는 대외적인 명분이 있었지만. 나는 헤드셋을 목 아래쪽으로 내리고 말했다.

"어. 나 석탑고 갈 거야."

말은 그렇게 했지만, 사실 결정권은 아빠에게 있었다. 심장이 두방망이질했다. 아빠는 알겠다며 오늘 늦으니 할머니에게 따로 저녁 준비는 하지 말라고 전하라고 했다.

차가 멀어지는 걸 확인한 뒤 곧장 헬스장으로 향했다. 근육을 만들기 위해 무게를 치며 땀을 쏟았다. 나는 배구계의 기대주 구나인인데, 코트에서 삽질이 기본값이라고? 그건 안 되지. 인생에 위기 좀 왔다고 평범해질 순 없었다.

"다시 특별해질 거야."

스스로 주문을 외우며 러닝머신 위를 달리고 또 달렸다.

루키는 나야 나

노란 유니폼. 14번이 점프했다. 코트에서 나를 증명해야 해. 뛰어. 됐다! 어, 부딪친다! 쾅!

나는 비명을 지르며 눈을 번쩍 떴다. 그날의 악몽은 선반에서 물건이 휙 떨어지는 것처럼 불시에 찾아왔다. 축축한 느낌에 몸을 반쯤 일으켜 손바닥으로 확인해 보니 이불이 또 땀범벅이었다. 잠자리가 바뀌어도 달라지는 건 없었다.

창밖은 검은색 크레파스로 힘주어 칠한 것처럼 새까맸다. 반쯤 감은 눈으로 휴대폰 화면을 보니 새벽 3시였다. 긁혀서 사라지지 않는 상처처럼 그날의 일이 뇌내시네마에서 심야 상영되었다. 휴대폰이 방전되듯 빨리 닳아서 없어지길 바랐지만, 잊으려고 애쓸수록 그날의 공기, 온도, 습도까지 모든 게 더

선명해졌다. 과거가 남긴 우울과 미래가 보낸 불안 속에 길을 잃어 제자리를 뱅글뱅글 도는 것 같았다.

"인제 그만 좀 하자. 지겹지도 않냐."

나는 마른손으로 얼굴을 비비며 무의식을 향해 항의했지만, 맥 빠진 호통이 통할 것 같지는 않았다. 무릎을 세운 채 습관처럼 왼쪽 발목 언저리를 문질렀다. 이불에 가려져 보이진 않았지만, 손끝에 오돌토돌한 게 만져졌다. 작은 애벌레가 기어가는 모양이었다. 양말을 신으면 감쪽같이 가려지는 위치였다. 하지만 남들에게 보이지 않고 만지고 있지 않을 때도 나는 알았다. 거기에 상처가 있다는 것을. 손가락 끝에 힘을 주어 수술 자국을 꾹 눌렀다. 좀 들어가라고. 그렇게 툭 튀어나와 있으니까 자꾸 신경 쓰이는 거 아니냐고 구박도 좀 했다.

얼마나 그러고 있었을까. 주위의 어둠에 익숙해졌다 싶은 순간, 고개가 아래로 까딱 내려갔다. 그리고 소스라치게 놀라며 퍼뜩 깼다. 나도 모르게 잠들어 버린 것이다. 창밖을 보니 그사이 밤의 농도가 눈에 띄게 묽어져 있었다.

늦었다! 스파이크처럼 강속구로 날아온 생각에 심장이 쿵쾅거리기 시작했다. 내가 세상에서 제일 싫어하는 게 느린 것들이었다. 움직이는 근육이 퇴화한 게 아닐까 의심스러울 정도로 느린 달팽이, 거북이, 나무늘보. 동물 중에서 대표로 느린

'달거나' 삼총사 옆에 인간 대표로 '구나인'이 낄 순 없었다. 다급히 머리맡의 휴대폰 화면을 보니 '3월 2일 AM 5:01'이라는 문구가 반짝였다. 일기예보 어플에서 알려주는 오늘의 일출 시각은 7시 2분.

알람이 울리기 전에 깨기! 해가 뜨기 전에 운동 시작하기!

작년 가을부터 나 자신과 약속한 루틴이었다. 나는 석탑고로 진학이 결정된 후 하루도 쉬지 않고 훈련에 매진했다. 가만히 있으면 내가 꼭 퇴적물이 되는 것 같아서 싫었다. 벌떡 일어나 이불을 개고 운동복으로 갈아입고 눈곱도 떼지 않은 채 밖으로 나갔다. 숨이 차도록 뛰어서 향한 곳은 아파트 근처 작은 공원부터 이어지는 석탑산이었다.

우리는 어제 오후 석탑동으로 이사를 왔다. 뒷산 바로 아래에 있는 아파트였다. 아빠가 집을 구한 건 한 달 전이었다. 하지만 아빠와 한집에 어색하게 있기 싫어서 집밥을 이유로 미루다, 개학 하루 전에 짐을 옮긴 것이다.

아빠가 할머니의 도움을 한사코 거절하고 구한 아파트는 의외로 쓰리룸이었다. 막내 고모의 말에 의하면 투룸보다 훨씬 싸다고 했다. 어떻게 그럴 수가 있나 의문스러웠는데 와보니 바로 납득이 되었다. 건물이 딱 하나밖에 없는 낡은 아파트였다. 그리고 준공한 지 40년을 앞두고 있어서인지 외관은 공포

영화를 찍을 것처럼 으스스했다. 나는 할아버지가 생전에 직접 지은 마당 넓은 집에서만 살아서, 태풍이라도 불면 무너져 내릴 것 같은 아파트를 마주한 순간 왠지 죄를 지어 유배당한 느낌마저 들었다. 하지만 어차피 집에서는 잠만 잘 생각이니, 물 잘 나오고 곰팡이만 없으면 외관이야 뭐 상관없었다.

그래도 딱 하나 좋은 점이 있었다. 아파트가 뒷산과 가까워서 팔각정까지 찍고 내려오는 시간이 내가 계획했던 아침 훈련 시간과 딱 맞았다. 출발할 때만 해도 입에서 하얀 김이 나올 정도로 추웠는데, 후들거리는 다리를 부여잡고 다시 내려왔을 때는 온몸에 김이 올라올 정도로 후끈했다. 땀을 빼려고 일부러 땀복을 입긴 했지만, 몸이 너무 뜨거웠다. 게다가 오랜만에 산을 탔더니 큰 개가 엉덩이를 물고 있는 것처럼 뒤가 욱신거렸다.

엉덩이를 붙잡고 숨을 거칠게 내쉬며 근처 편의점으로 향했다. 아이스크림 냉동고 앞에 엄청나게 큰 가방을 멘 남자가 멀뚱히 서 있었다. 서서 자는 건가 싶을 만큼 냉동고를 내려다보는 몸에 미동도 없었다. 나는 냉동고 문을 옆으로 밀었다. 딱하나 남은 구구콘이 눈에 들어왔다. 빠른 동체 시력은 아이스크림을 집을 때도 아주 유용했다. 거침없이 초코맛 구구콘을 향해 손을 뻗는데, 손이 겹쳤다.

고개를 돌려 보니 남자가 구구콘의 끝을 잡은 채 나를 보고 있었다. 새하얀 목도리를 눈 밑까지 둘둘 두른 데다 눈썹까지 내린 앞머리 때문에 얼굴이 잘 보이지 않았다. 반들반들한 재질의 남색 교복이 눈에 띄었다.

이제 아침 7시가 막 지났는데 벌써 학교에 간다니, 고3인가? 그렇다 해도 이걸 양보할 생각은 없었다. 나는 똑 부러지게 말했다.

"제가 먼저 잡았거든요?"

"내가 아까부터 보고 있었는데……."

목소리가 개미만큼 작아서 잘 들리지 않았지만 대충 그런 말인 것 같았다. 나는 카운터를 향해 큰 소리로 구구콘 더 없냐고 물었다. 하지만 알바생은 거기 있는 게 다라며 이따 더 들어올 거라고 했다. 그럼 어쩔 수 없지.

"인생은 선착순이잖아요. 제 손이 빨랐으니까 이건 제가 가져갑니다."

나는 싱긋 미소를 지으며 냉큼 구구콘을 들고 카운터로 뛰었다. 상큼하게 미소를 날리고 상대가 방심한 틈을 타 바로 들고 튀기! 잔머리 고수인 막내 고모에게 배운 꿀팁이었다. 남자는 뒤늦게 어버버거리며 따라왔지만, 나는 계산을 마치자마자 포장을 까서 크게 베어 물었다. 곧이어 승리의 미소를 지으며 편의점 문을 열고 밖으로 나갔다. 차가운 공기가 얼굴에 닿을 때 한 입 베어 무는 아이스크림의 맛이란, 달콤하고 시원했다.

본격적으로 땀을 식히려고 공원 벤치에 앉아 아이스크림을 먹기 시작했다. 얼마 뒤 느림보 소년이 딸기맛 구구콘을 들고 편의점에서 나왔다.

"구구콘은 초코가 근본인데."

안타까웠지만 어쩌랴. 나는 고개를 가로서으며 주위를 보았다. 시간이 얼마나 지났는지 주위가 차츰차츰 밝아오고 있었다. 슬슬 집에 가서 씻어야겠다 싶어 몸을 일으켰다. 그때 저 끝에서부터 오토바이가 굉음을 내며 달려오고 있었다. 불길했다. 그 앞에서 느림보가 구구콘 포장을 벗기느라 애쓰다가 하얗게 서리가 낀 안경을 벗었다. 오토바이가 달리는 방향은 느림보 쪽이었다. 나는 생각이 꽂히자마자 앞으로 튀어 나가 느림보의 손을 잡아 골목길 안쪽으로 끌어당겼다.

휘이잉. 배달 오토바이가 우리 옆을 아슬아슬하게 스쳐 지나갔다.

"미친 거 아니야? 아침부터 뭐가 그렇게 급하다고!"

오토바이 뒤꽁무니를 향해 화를 버럭 냈는데, 미친 건 오토바이가 아니라 나였다. 느림보를 급하게 당기느라 내 손에 든 아이스크림을 미처 신경 쓰지 못한 것이다.

"어…… 내 목도리……."

"어우 씨, 이게 왜!"

나는 느림보의 목도리 끝을 잡아당겨 어떻게든 지워보려고 손으로 문질렀다. 하지만 그러지 말았어야 했다. 눈처럼 새하얀 목도리에 초코가 똥처럼 범벅이 되어 몹시 흉했다. 너무 당황해서 미안이고 죄송이고 사과할 겨를도 없었다.

그때 공원 쪽에서 익숙한 실루엣이 눈에 들어왔다. 아빠였다. 아침부터 내가 보이지 않으니 아무래도 찾으러 나온 것 같았다. 어색하게 아빠와 함께 걸으며 집으로 갈 생각은 추호도 없었다. 아빠와 말을 안 한 지 오늘로 101일째였고, 이 기록은 매일 경신 중이었다.

아빠가 걸어오는 반대 방향으로 곧장 뛰었다. 그리고 동네를 빙 둘러서 집에 도착한 순간 깨달았다. 도어록 비밀번호를 누를 손이 없었다. 왼손에는 구구콘, 오른손에는 초코 범벅 목도리가 들려 있었다. 아까 정신이 없는 탓에 무작정 목도리까지 들고 뛴 것이다. 생각해 보니 뒤에서 그 느림보가 어버버거리며 뭐라고 조그맣게 중얼거렸던 것 같았다.

"어우 씨, 목도리 도둑인 줄 아는 거 아니야? 아, 몰라."

구구콘을 입에 물고 남은 손으로 비밀번호를 눌러 집으로 들어갔다. 그런데 현관에 있는 거울을 보자마자 그 느림보에게 미안한 마음이 싹 가셨다. 내 왼쪽 볼에 커다랗게 핑크색 얼룩이 찍혀 있었다. 느림보를 내 쪽으로 팍 당기면서 내 구구콘은 녀석의 목도리에, 녀석의 구구콘은 내 볼에 짜부라진 것이다.

나는 씩씩거리며 화장실로 들어갔다. 하얀 목도리는 아무리 닦아내도 얼룩이 지워지지 않았고, 내 볼에는 꼼꼼히 씻어도 딸기향이 남았다.

다행히 늦지 않게 교문을 통과했다. 입학식 첫날이라 그런지 교문에 선도부는 없었지만 학생 부장 선생님은 있었다. 나는 어색하게 고개를 숙여 인사한 뒤 다른 학생들과 함께 밀물에 휩쓸리듯 우르르 건물로 들어갔다. 1학년 교실은 4층이었다. 손잡이를 잡고 천천히 계단을 올라갔다. 삼선 슬리퍼가 새 것이라 양말과 헛도는 것 같았다. 자칫 넘어질까 봐 한 걸음 한 걸음이 조심스러웠다.

교실에 들어오자마자 안도의 숨이 새어나왔다. 뒤쪽 벽에 있는 거울을 보니 앞머리가 땀 때문에 바코드처럼 다닥다닥 붙어 있었다. 평소엔 땀이 없는 편인데 긴장해서인지 팔꿈치에도 땀이 나는 것 같았다. 나는 가방을 고쳐 메고 맨 뒷자리로 향했다. 어차피 반에서 나보다 키가 큰 애는 없을 테니까.

괜히 어색하게 필통을 매만지며 주위를 둘러보았다. 같은 중학교에서 올라온 애들이 삼삼오오 모여 이야기하고 있었다. 나는 지역을 옮겨 전학을 와서 학교에 아는 애가 한 명도 없었다. 그런데 10시 방향에 앉은 여자애와 자꾸 눈이 마주쳤다.

나를 보는 건가? 에이, 설마. 내 옆쪽을 보는 건데 오해하는 걸 수도 있으니 일부러 오른쪽으로 몸을 돌렸다. 그랬더니 3시 방향에 앉은 남자애도 나를 뚫어지게 쳐다보고 있었다. 남자애의 얼굴은 좀 충격적이었다. 마치 멸망한 세상에서 살아남은 한 떨기 수선화처럼 생겼다. 좋게 말하면 사람으로 변한 꽃이었고, 나쁘게 말하면 인간의 탈을 쓴 다른 무엇 같달까.

나는 바코드 앞머리가 신경 쓰여서 손으로 앞머리를 흐트러뜨렸다. 그때 오른쪽에 있던 수선화 녀석이 몸을 일으키는 게 느껴졌다. 나한테 오려고? 왜? 뭔데? 그런데 순식간에 왼쪽에 있던 여자애가 내 자리 앞으로 달려왔다.

"너, 구나인 맞지? 대박!"

명찰에 '구나인'이라고 쓰여 있으니 내 이름을 아는 거야 놀랍지 않았다. 그런데 왜 그 뒤에 의뭉스럽게 '대박'이란 말이 붙는 거지? 나는 말없이 그 애를 빤히 살펴보았다. 가늠해 보니 키는 대충 165에서 166 사이. 이목구비는 유명한 애니메이션의 꼬부기를 닮았지만 특별히 기억나는 얼굴은 아니었다.

전체적인 스캔 후 시선을 돌려 그 애의 명찰을 보았다. 김세주. 흔한 이름은 아니었다. 어디서 들어본 것 같은데…….

아, 기억났다. 지난가을, 테니스장에서 아빠와 싸울 때 나온 이름이었다. 한발 늦게, 그 애의 손가락에 감긴 익숙한 테이핑 모양이 눈에 들어왔다. 분명 아빠 솜씨였다.

"너, 석탑중 나왔어?"

"응! 난 김세주야. 너도 날 아는구나?"

"모르는데?"

"어?"

"석탑고였다니, 하. 재밌네."

내 말투가 차가워서였을까. 엉덩이를 떼고 일어서던 남자애가 다시 슬그머니 자리에 앉았다. 김세주 역시 내 말을 해석하느라 버퍼링이 걸린 듯한 표정으로 나를 멍하니 보고 서 있었다. 그때 교실 앞문이 열리고 담임선생님이 들어왔다.

"자자, 다들 자리에 앉자. 어서."

김세주는 생각이 많아진 표정으로 제자리로 돌아갔고, 나는 펜을 한 손으로 돌리며 칠판만 보았다. 선생님은 교실을 휘익 둘러본 뒤 의미심장하게 입을 뗐다.

"문학계의 아이돌 백석을 쏙 빼닮은 악성 곱슬머리지만, 뇌 구조는 신박한 또라이 이상 못지않은 백이상이다. 반갑다, 1학년 3반! 내 소개는 '이상'이다."

의례적으로 박수를 준비하던 애들은 입을 벌린 채 얼음이 되었다. 싸늘한 정적이 안개처럼 스멀스멀 퍼졌다. 선생님의 입가가 씰룩이는 걸 보니 우리에게서 웃음이 터지길 기대한 것 같았다. 몹시 당황스러워하고 있는데, 앞쪽의 남자애가 다른 애한테 속삭이는 게 들렸다.

"내가 뭐랬어. 이상한 백이상이 담임 될 것 같다 그랬지? 아, 올해 국어 개망했어."

어차피 공부는 내 길이 아니라 마음 놓고 있던 나는 화들짝 놀랐다. 이상한 또라이 쪽이면 내가 제일 싫어하는 수학일 거라고 생각했는데, 국어? 좋아하는 과목이라 국어만 파려고 했는데, 마른하늘에 날벼락이었다.

"자, 오늘 종례는 이상!"

담임이 시선을 돌려 임시 반장에게 고갯짓했다. 아까 담임을 예견했던 남학생이 자리에서 일어났다. 임시 반장의 구령에 맞춰 인사가 끝나자마자 나는 화장실을 들렀다가 체육관으로 향했다.

체육관 문에 세로로 길게 난 유리 너머로 안쪽이 보였다. 똥머리가 네트 너머로 친 공을 짧은 커트 머리가 받아 치며 연습

중이었다. 벌써 몸풀기도 다 끝났나? 너무 늦은 거 아니야? 나는 문을 열고 안쪽으로 달려가 허리를 90도로 굽혀 인사했다.

"안녕하세요! 1학년 구나인입니다."

"난 3학년 이예준. 옷부터 갈아입고 나와."

유니폼에 새겨진 등번호 1번 아래에 줄이 그어져 있었다. 주장이었다. 얼른 운동 가방을 들고 탈의실로 향했다. 옷을 갈아입는데 김세주가 뒤이어 들어왔다. 나는 서둘러 환복을 마치고 먼저 탈의실 밖으로 나갔다.

얼마 지나지 않아 김세주도 내 옆으로 뛰어왔다. 그 즉시 코가 반응했다. 아기들에게서 나는 로션 냄새가 났다. 나는 눈을 돌려 슬쩍 김세주를 훑었다. 숱이 많은 곱슬머리에 이마를 까서 바짝 올린 헤어밴드는 흰색, 등번호는 11번.

포지션별로 등번호가 정해진 축구와 다르게 배구는 특별히 제한이 없다. 보통은 1번에서 20번까지 자유롭게 번호를 정했다. 고등학교의 경우 선배들이 먼저 고르고 남은 번호 중에서 신입생이 골랐다. 내 등번호는 초등학교 때부터 지금까지 줄곧 9번이었다. 나는 이 등번호에 자부심이 있었다.

석탑고 배구부의 유니폼 상의는 화이트에 하의는 코발트블루였다. 그러고 보니 김세주의 헤어밴드는 상의와 깔 맞춤을 한 것 같았다. 온풍기 온도가 26도로 맞춰져 있는데도 긴장한 탓인지 좀 쌀쌀하게 느껴졌다. 가볍게 제자리뛰기를 하며 몸을 푸는데, 아치형으로 솟은 천장의 회색빛 지지대들 사이에 이상한 게 보였다. 아니 배구공이 왜 저기에 나란히? 눈을 가늘게 뜨고 천장을 쳐다보자, 옆으로 다가온 예준 선배가 올림픽 4강의 주역인 국가대표 선수들 이름을 속삭였다.

"오른쪽이 16기 선배님 작품. 드래프트 전에 훈련하다가 힘을 주체 못 하고 빡 꽂으셨대."

충분히 가능한 일이었다. 경기에서 강스파이크를 꽂을 때면 보는 사람의 손이 떨릴 정도였으니까. 예준 선배는 손가락으로 왼쪽을 가리키며 설명을 이었다.

"바로 그 옆의 공은 21기 선배님 작품. 저건 내가 두 눈으로 직접 봤지."

예준 선배는 다른 선배들처럼 석탑초중고 라인이었다. 초등학교 꼬맹이들이 자세도 제대로 잡지 못하자 시범을 보여주겠다며 공을 언더토스로 힘주어 올렸는데 공이 지지대 사이에 꽂힌 것이라고 했다.

"그래서 저기에 공을 꽂으면 국가대표로 올림픽에 나간다는 전설이 생겼지. 근데 전설은 좀 오바고, 저기 꽂힌 공은 뭐랄까, 석탑고의 상징이자 부적 같은 거야. 저걸 보면서 해이해질 때마다 마음을 다잡는 거지. 우리도 언젠간 저 선배님들 따라

기적을 이룰 거다! 이렇게."

나는 예준 선배 앞이라 진지한 표정으로 고개를 끄덕였다. 하지만 속으론 밤에 휘파람 불면 뱀 나온다는 미신과 뭐가 다른지 알 수 없단 생각이 들었다. 그런데 옆에서 바닥에 배구공을 튕기는 소리가 크게 울렸다. 고개를 돌려 보니 김세주였다.

"석탑고 출신 다음 국가대표는 접니다!"

김세주는 기세 좋게 외치며 배구공을 언더토스로 높이 올리려고 했지만 힘이 부족했다. 그렇다면 나도 질 수 없지. 바구니에서 '석탑고'라고 유성펜으로 크게 쓰인 배구공을 꺼내 자세를 잡고 공을 언더토스로 올렸다. 공의 높이가 엇비슷하게 엇박자로 올라갔지만 김세주도 나도 천장까지 닿기엔 한끗이 부족했다. 그런데 어느 순간 김세주가 내 높이를 앞질렀다. 나는 이를 악물고 온 힘을 다해 배구공을 빡 쳤다. 공이 올라가는 순간 느낌이 왔다. 이건 무조건 천장 각이다! 내 느낌은 정확했다.

"오오, 구나인! ……어? 어어!"

타다다당. 천장 지지대 사이에 꽂힌 공들이 아래로 우수수 떨어졌다. 내가 쏘아 올린 배구공이 하필 16기, 21기 선배님 공 사이의 지지대를 딱 맞추면서 공 세 개가 동시에 바닥에 떨어진 것이다. 누구도 소리를 내지 못한 채 떨어진 공만 보았다. 떨어진 배구공은 더 이상 전설도, 부적도, 뭣도 아니었다.

사라지고 싶었다. 내가 투명 인간이었으면……. 그것보단 타임슬립이 나을까? 빨리 1분 전으로! 안 되면 제발 날 우주로 날려줬으면! 내 머릿속은 지진이 난 것처럼 요동쳤고, 심장이 밖으로 튀어나올 것처럼 세차게 뛰었다. 이제 어쩌지. 나 진짜 어떡해!

잠깐의 정적이 흐른 뒤, 김세주가 허리를 굽혀 바닥에 떨어진 배구공을 주우며 밝게 목소리를 꾸며냈다.

"아유, 배구공에 먼지가 많이 꼈네요. 쿨룩, 쿨룩. 이참에 물티슈로 깨끗이 닦겠습니다!"

김세주는 넉살 좋게 나서서 물티슈를 꺼내 배구공을 박박 닦았다. 나도 그 옆으로 가서 물티슈를 마구 뽑아 공을 잡아 벅벅 닦았다. 먼지가 더께로 쌓인 데다 진득진득해서 잘 닦이지도 않았다. 김세주가 내 옆으로 바짝 다가와 속삭였다.

"괜찮아. 긴장하면 실수할 수도 있는 거지. 그리고 10년이면 강산도 변한다잖아. 이것도 바꿀 때 되니까 자연스럽게 떨어진 거야."

"뭐가 자연스러워? 내가 맞혀서 떨어뜨린 건데. 너야말로 자연스럽게 끼어들지 마. 잘못이든 실수든 그거 내 거야. 네 거 아니라고."

"뭘 그렇게 딱딱하게 굴고 그러냐."

"네 말대로 긴장해서 그런가 보지."

나는 차갑게 비아냥거린 뒤, 몸을 옆으로 돌리고서 공을 벅벅 닦았다. 실은 아까부터 엉엉 울고 싶었다. 창피하고 민망하고 스스로가 싫고 짜증 나고 미칠 것 같았다. 하지만 입학 첫날부터 질질 짜는 울보로 찍히고 싶지 않았다. 나는 아랫입술을 악물고 공을 닦는 데에만 집중했다. 진짜 징글징글하게도 공은 잘 닦이지 않았다.

"늦어서 죄송합니다!"

2학년 선배들은 종례가 길었다며 체육관으로 들어오며 크게 외쳤다. 다해야 고작 일곱 명이었지만, 그래도 사람이 좀 늘어나니 체육관이 소란스러워져서 아까보다 견딜 만했다. 나는 땀을 뻘뻘 흘리며 깨끗이 닦은 배구공을 바구니에 집어넣으려다가 멈칫했다. 그래도 나름 부적이었는데 바구니에 한데 넣어도 되는 건가 싶어 망설여졌다. 문득 그 옆의 화이트보드 끄트머리에 적힌 문장이 눈길을 사로잡았다.

올해의 미꾸라지는 누구?!

내가 고개를 가까이 하고 화이트보드를 뚫어지게 보자 예준 선배가 손을 저으며 달려왔다.

"어어! 그건 절대 지우면 안 돼! 학년 초에 미꾸라지를 정하는 게 석탑고 전통이거든."

'미꾸라지 한 마리가 온 웅덩이를 흐린다.' 그 속담 말고 내가 모르는 다른 속담도 있지 않을까. 설마 물 흐리는 미꾸라지를 뽑겠다는 건 아니겠지? 머릿속이 어지러운데, 예준 선배가 말을 이었다.

"미꾸라지로 뽑히면 특혜가 있어. 1년 동안 물 담당이랑 볼 담당 제외."

가만, 물 가지러 왔다 갔다 하지 않아도 되고, 허리 아프게 볼 주우러 다니지 않아도 되니…… 그럼 좋은 거 아닌가? 라고 생각하기가 무섭게 또 다른 선배가 발소리도 없이 스윽 다가와 속삭였다.

"대신 미꾸라지를 위해 '야간 특별훈련'이 기다리고 있지."

유니폼 상의가 혼자 검은색인 걸 보니 포지션이 리베로다. 3학년 곽시온. 중학교 때 아웃사이드 히터였으나 고등학교 오면서 리베로로 전향. 키는 167센티미터. 나는 전국 체전 경기를 살펴보며 알아낸 정보를 머릿속으로 떠올렸다. 오늘 보니 등번호가 15번이었다.

예준 선배가 그 옆으로 바짝 다가오자 시온 선배가 화들짝 놀란 듯 뒤로 물러섰다. 예준 선배가 고개를 절레절레 내저으며 구시렁거렸다.

"하여간에 저 쿼카. 예민하기는."

"아우, 할머니. 저 만지시려면 벌금 준비하라고 했죠?"

"운동하는 애 중에 맨날 아프다고 징징대는 애는 전국에 너 하나일걸?"

빠르게 오가는 티키타카에 혼이 빠졌다. 어느새 옆으로 다가온 김세주가 내게 설명해 주었다. 다들 별명이 하나씩 있는데, 훈련 중독자인 예준 선배는 잔소리가 많아서 '할머니', 시온 선배는 만지면 벌금 내라고 앙칼지게 소리쳐서 '쿼카'. 2학년 박하린 선배는 '기린'. 김세주는 나와 같은 1학년이지만 석탑중 출신이라 모르는 게 없었다. 또 선배들과도 훈련하며 얼굴을 익혀서 두루두루 친한 것 같았다. 김세주는 아직 별명을 못 정한 사람도 있다면서 내 팔을 툭 치며 물었다.

"넌 별명 뭐 할래?"

그 어조가 너무도 명랑해서 조금 전에 있었던 일이 나만의 상상이었나 의심까지 들 정도였다. 분명 몇 분 전에 내가 차갑게 쏘아붙였는데, 이렇게 아무렇지도 않다고? 내 공격이 약했나? 그럴 리가. 타격감이 이토록 제로라니, 앤 뭐지? 맷집이 좋아서 이 정도엔 끄떡도 없다 이건가?

아빠가 비교 대상으로 말했던 게 떠오르자 생글거리는 미소가 새삼 더 싫어졌다. 나는 고개를 옆으로 돌리고 고민하는 척하면서 속으로는 딴생각을 했다. 근데 원래 별명은 남이 지어주는 거 아닌가? 이렇게 스스로 정해도 되나? 그렇다면 난 이미 오래전부터 불리고 싶은 호칭이 있었다. 괴물 루키. 아니면 슈퍼 루키.

모두 루키를 꿈꾼다. 주류이든 비주류이든 스포츠계에서는 슈퍼 루키가 나타나길 고대한다. 소위 말하는 천재가 혜성같이 등장하면 판도가 바뀌니까. 판이 커지고 사람들의 관심이 쏠리고 투자가 더 이루어진다. 하지만 차마 루키라고 당당하게 말하지 못했다. 신입 주제에 거만하다고 자칫 낙인찍힐 수도 있으니까. 별명은 천천히 생각해 보겠다며 얼버무리는데, 감독님이 통화를 하며 체육관으로 들어왔다.

"숙소 예약 영수증은 내일 아침까지 드리겠습니다. 네, 들어가세요. ……다 모였어?"

"네! 전원 모였습니다."

예준 선배가 우렁차게 대답했다. 우리는 감독님을 둘러싸고 열중쉬어 자세로 섰다. 감독님은 작년에 처음 봤을 때처럼 오늘도 위아래 검은색 운동복 차림이었다. 그때와 달라진 점이라면 단발머리가 길어 뒤로 질끈 묶었다는 것이다. 현역 때 국가대표로 뛸 때의 모습 같았다. 물론 그새 새치는 엄청나게 늘었지만.

감독님이 고개를 돌려 왼쪽에서부터 오른쪽까지 쭈욱 훑은 후 첫마디를 꺼냈다.

"미리 들어서 아는 사람도 있겠지만, 그간 상황이 많이 바뀌었다."

겨울 전지훈련 때 2학년 세터가 크게 다치면서 훈련을 쉬게 되었고, 입학 예정이던 1학년생은 입시 명문고로 진학했고, 코치는 학교 재단과 계약이 불발되었으며, 석탑고로 전학을 오겠다던 2학년생 역시 마지막에 다른 학교로 노선을 틀어버렸다. 그래서 석탑고 배구부는 현재 1학년 2명, 2학년 2명, 3학년 3명으로 총 7명. 경기 출전은 가능했으나 교체선수 여유가 없어서 빠듯했다.

"하지만 우리는 계속 앞으로 나아간다."

감독님이 몸을 돌려 화이트보드에 마커펜으로 적었다. '춘계 전국중고배구대회'. 3월 14일부터 경기가 시작되니까 앞으로 열흘밖에 남지 않은 상황이었다. 옆에서 숨기지 못한 얕은 한숨이 릴레이로 이어졌다. 하지만 나는 오히려 좋았다. 눈에는 눈, 이에는 이. 경기장에서 시작된 느림보 그림자는 경기장에서 떼버린다! 그게 내 목표였다. 보란 듯이 팀을 승리로 이끄는 루키가 되리라 굳게 마음먹었다.

나는 주먹을 꽉 쥐고 감독님의 등을 보았다. 감독님은 훈련 일정을 화이트보드에 길게 적은 후 마커펜 뚜껑을 닫으며 돌아섰다. 팀원끼리 첫인사로 가볍게 몸풀기 게임을 제안했다.

"공격이랑 수비 연습 후에, 이따 8시부터 3세트 15점 선취 방식으로 진행한다. 팀은 예준이랑 시온이 가위바위보로 정하고. 미꾸라지는 진 팀에서 뽑는 걸로."

마지막에 덧붙인 감독님 말에 공기가 달라졌다. 다들 둥글게 모여 앉아 폼롤러로 뭉친 근육을 풀기 시작했다. 나 역시 무조건 미꾸라지는 피해야겠다고 다짐했다. 하지만 배구공 100개 올리기 같은 내기도 아니고, 이건 팀 경기였다.

지금까지 개인 훈련을 독하게 했지만 불안감이 드는 건 어쩔 수 없었다. 벽에 공을 팅기며 리시브와 공격을 반복하고 고강도로 인터벌 트레이닝 역시 꾸준히 했지만, 어쨌거나 나 혼자 했으니까. 농구나 축구는 뛰어난 기량으로 혼자 드리블해 골을 넣을 수도 있지만, 배구는 공을 이어주는 경기 특성상 혼자 받고 혼자 올려서 혼자 때릴 수는 없었다.

잘할 수 있을까? 하루도 빼먹지 않고 연습했는데…… 괜찮겠지?

"가위바위보! 아싸!"

가위바위보에서 이긴 예준 선배가 가장 먼저 2학년 소라 선배를 데려갔고, 이어 시온 선배가 1학년인 김세주를 불렀다. 공격과 수비를 아우르는 아웃사이드 히터에 키가 185가 넘는 나 대신 키가 165밖에 되지 않는 김세주를 고른다고? 왜지?

"뽑은 거 후회 없게 공 제대로 올려라."

"네! 저만 믿으세요!"

김세주가 우렁차게 대답했다. 김세주와 다르게 나는 제일 마지막에 불렸다. 가위바위보로 정해진 A팀은 이예준, 한소라, 나. B팀은 곽시온, 박하린, 김세주였다. 한 명이 남았다. 등번호가 8번인 3학년 선배 쪽을 보았다. 민서 선배가 삼각대를 가져와서 휴대폰을 설치하며 말했다.

"나는 깍두기. 오늘 심판 겸 기록자가 나야. 봐주는 거 없다. 다들 잘해라."

감독님이 부는 휘슬 소리와 함께 경기가 시작되었다. 서브 자리로 이동한 소라 선배가 시작부터 스파이크 서브를 했다. 상대 센터인 김세주를 노리고 강력하게 서브가 들어갔지만, 바로 시온 선배가 밀착 방어해서 공을 리시브했다. 김세주가 토스하고 하린 선배가 페인트 공격으로 슬쩍 넘기는 걸 코트 앞으로 달려가 내가 살렸다.

경기가 숨 가쁘게 이어지는 동안 감독님이 코트 주위를 걸으며 소리쳤다.

"누가 코트에 기린 들어오라고 했어? 빨리빨리 움직여!"

키가 189센티미터로 팀 내에서 미들 블로커를 담당하는 하린 선배의 별명이 왜 기린인지 그 이유가 드러나는 순간이었다. 감독님이 뭐라고 하거나 말거나 하린 선배는 여유롭게 코트를 돌아다녔다. 이미 기린이란 별명이 있어서 미꾸라지 별명 하나 더하는 것쯤 상관없다는 걸까. 어쨌거나 B팀의 구멍은 하린 선배였다.

"찬스볼!"

깜짝이야. 공의 움직임을 따라가는 것도 바빠죽겠는데, 바로 옆에서 팀원이 귀가 아프게 소리쳤다. 소라 선배였다. 누가 보면 주장이라고 오해할 만큼 엄청난 성량이었다. 거기에 세터 역할을 자청한 예준 선배는 왼손잡이였다. 한쪽은 고래고래 소리 지르지, 또 다른 쪽은 공을 자꾸 익숙하지 않은 방향으로 올리지……. 정신이 하나도 없었다.

1세트는 B팀이 승리했다. 예준 선배가 나에게 다가와 속삭였다.

"너 계속 속도가 살짝 늦거든? 조금만 더 빠르게 붙어줘. 알았지?"

"네!"

대답은 크게 했으나 약점을 벌써 들킨 것 같아 불안했다. 우리 팀의 구멍은 누가 봐도 나였다. 헛손질로 어리바리한 짓은 혼자 다 하고 있었다.

바로 2세트가 시작되었다. 나는 코트 너머를 뚫어지게 쳐다보았다. 김세주는 중간중간 자꾸 공을 옷으로 닦는 버릇이 있었다. 결벽증인가? 생각하는 사이 내 옆으로 공이 휙 지나갔다. 정신을 다잡고 다시 뛰었지만, 예준 선배의 말대로 나는 반 발짝 느렸다. 2세트에 이어 3세트까지 순식간에 빼앗겼다. 0 대 3. 완패였다. 루키는 무슨, 루저 확정이다.

바닥을 보며 숨을 거칠게 내쉬는데, 상대 팀이 웃는 소리가 들렸다. 그중 제일 거슬리는 건 헤어밴드. 김세주는 분위기 메이커 역할을 톡톡히 해내며 팀에 스며들어 있었다.

김세주, 대체 누구지? 아무리 머릿속을 뒤져봐도 녀석에 대한 데이터가 없었다. 초등학교 때부터 중학교 때까지 경기를 치르면서 개인상 하나 받지 못한 게 분명했다. 나는 대회마다 시상대에 올라가서 상을 받았기에 누구보다 내가 잘 알았다. 존재감도 없던 애였는데……. 나는 아랫입술을 깨물었다.

잠시 후 민서 선배가 감독님과 함께 녹화한 영상을 보면서 분석한 종이를 가져왔다. 실패율과 성공률 옆에 숫자가 퍼센

티지로 적혀 있었다. 감독님이 마커펜 뚜껑을 열고 화이트보
드에 거침없이 써 내려갔다.

올해의 미꾸라지는…… 구나인!

학교 교문 위에 내다 건 현수막이 바람에 휘날리는 것처럼,
나에게만 유독 글자가 더 크게 확대되어 보였다.
미! 꾸! 라! 지! 구! 나! 인!
루키는 물 건너갔고 미꾸라지 확정이다.

당연한 건 없다

"뭘 어쨌길래 첫날부터 미꾸라지로 뽑힌 거냐."

아빠가 먼저 내게 말을 걸어왔다. 113일째, 서로 모른 척하기 기록이 깨졌다. 공간이 부족해서 석탑중과 석탑고는 시간을 나눠서 체육관을 번갈아 사용했는데, 아빠는 작년부터 석탑중 감독이었다. 고등부에서 쓰는 화이트보드지만 그래도 한 공간인데 그걸 못 봤을 리가 없다. 근데 그걸 묵히고 묵히다가 하필 딱 오늘 아침에 꺼내는 건, 그 의도가 몹시 의뭉스러웠다. 미꾸라지를 핑계로 대회랑 엮어서 잔소리하려는 거겠지.

나는 못 들은 척 신발 끈을 묶고 나가려는데, 아빠가 한마디 더 덧붙였다.

"버스 타고 갈 때도 이미지 트레이닝 꼭 하고, 공격 들어가기 전에 세터랑 사인 주고받는 거 잊지 말고."

지겨운 이미지 트레이닝 얘기만 해도 참아보려고 했다. 그런데 '세터' 얘기가 나오는 순간 발작 버튼이 눌린 것처럼 도저히 참을 수가 없었다. 나는 고개를 돌려 아빠를 정면으로 바라보았다. 묻고 싶은 말이 산더미였다. 그중 내 속을 제일 긁는 걸 꺼내 들었다.

"진즉에 석탑고로 보내고 싶었으면서 일부러 반대하는 척한 거지?"

"무슨 소리야 그건 또. 알아듣게 설명해."

"김세주. 걔가 석탑고로 갈 거 알고 날 그 옆에 붙이려던 거 아니야?"

"……왜 그렇게 생각하는데?"

"걔 아빠 폼이랑 완전 똑같던데? 지난 1년 동안 집중적으로 키운 수제자 맞지? 가르치는 대로 쑥쑥 자라는 게 굉장히 기특했을 거고, 누구랑 다르게 엄청 잘 웃는 게 딱 아빠가 좋아할 스타일이던데?"

"세주한테 느낀 게 그게 다야? 너 설마 세주 질투하니?"

"내가? 와아, 하! 질투는 급이 맞아야 하는 거야. 키도 작고 점프도 안 되는 게 무슨……. 걔 볼 끝에 힘이 없어. 아빠도 알지?"

"아직 성장기라 그래. 점점 좋아질 거야. 겨울이 보단 아직

부족하지만, 충분히 가능성 있는 애고 욕심도 있어. 너랑 호흡
잘 맞추면…….”

“내가 왜 개랑 호흡을 맞춰?”

“구나인, 냉정하게 생각해. 석탑고에 세터는 김세주 하나야. 2
학년 손다정이 키도 크고 딱 은겨울 스타일이라 네가 세터가 바
뀌길 기다리는 거 아는데, 다정이는 전지훈련 때 부상이 심각해
서 1년 유급하기로 했어. 무조건 세주랑 맞춰야 한다고.”

“그게 아빠가 그리는 그림이구나? 아빠가 원하는 대로 날
움직이는 거.”

“구나인!”

“난 아빠 꼭두각시가 아니야.”

나는 캐리어를 끌고 밖으로 나왔다. 헤드셋을 쓰며 엘리베
이터가 오기를 기다리는데, 마침 옆집에서 문이 열렸다.

“아우, 엄마! 나 아침 안 먹는다니까! 그거 먹으면 이따 멀미
한다고!”

김세주가 소리치는 게 들렸다. 이래서 더 일찍 나왔어야 하
는데. 나는 김세주와 같이 엘리베이터를 타고 내려가고 싶지
않아 캐리어를 번쩍 들고 비상구 계단 쪽으로 향했다. 이 거지
같은 집이 싫다. 아니, 더 정확히는 김세주와 옆집인 게 너무
너무 싫다. 막내 고모는 워낙 싸게 나와서 나오자마자 보지도

않고 계약했다고 하지만, 석탑중 감독인 아빠가 김세주 주소를 몰랐을 리가 없다. 진짜 생각하고 또 생각해도 나는 아빠한테 화를 낼 권리가 있다. 아빠는 내가 김세주랑 친해져서 단짝 콤비라도 되길 바라는 걸까?

"아우 씨, 열라 무겁네."

나는 캐리어를 머리에 이고 벌 받는 자세로 계단을 하나씩 내려갔다.

학교에 도착했을 때는 몸에 열이 뻗쳐 혼자 폭염을 맞은 것 같았다. 무거운 캐리어를 들고 17층 계단을 내려오는 건 극기 훈련과 다름없었다. 공책을 부채 삼아 땀을 식히고 있는데, 예준 선배가 뒷문 쪽에서 나와 김세주를 불렀다.

"이따 점심 먹고 출발하는 걸로 일정 바뀌었어. 급식 먹고 체육관 앞으로 와."

"네? 전 밥 먹고 차 타면 안 되는데요?"

김세주가 사색이 된 얼굴로 중얼거렸지만, 예준 선배는 어쩔 수 없다며 조그맣게 말했다. 배구부에 예산이 줄어서 한 끼라도 학교에서 먹고 가는 걸로 바뀌었다고. 정예고라면 있을 수 없는 일이었다. 대회에 출전할 때면 최고급 숙소에 간식, 특식까지 지원이 빵빵했으니까. 정예고로 갈 걸 그랬나 잠시 후회가 들었지만, 지난가을 아빠가 몇 번이고 석탑고로 진짜 갈 거냐고 물었던 게 떠오르며 다시금 전의가 불타올랐다.

"전 좋은데요? 우리 학교 밥 엄청 맛있잖아요. 이따 든든히 먹겠습니다!"

나는 일부러 의욕적으로 말한 뒤 김세주를 스윽 쳐다보았다. 김세주는 어이없다는 듯 입을 벌리고 나를 올려다보았다. 나보다 한참 작은 김세주를 내려다보는 기분은 꿀이었다.

하지만 좋았던 기분은 1층 급식실에 도착하는 순간 바뀌었다. 원래는 남녀 급식실이 분리되어 있는데, 남학생 급식실에 석면 문제가 불거지면서 며칠 전부터 모두가 여학생 급식실을 사용했다. 그 탓에 급식실은 개구리를 풀어놓은 것처럼 시끄러웠고, 선도부와 학생 부장 선생님은 소리를 지르느라 목이 쉬어 있었다.

하지만 그딴 건 하나도 중요하지 않았다. 나에게 가장 중요한 건 메뉴였다. 근데 오늘 메뉴가 왜 하필…….

"어머, 오늘 추어탕이네? 미꾸라지가 아주 곱게 갈렸는걸? 내 몫까지 맛있게 먹어, 나인아."

김세주가 내 옆으로 다가와 얄밉게 덕담을 쏜 후, 씨익 웃으며 가버렸다. 며칠 전 올해의 미꾸라지로 뽑힌 후 나는 그토록 좋아하던 추어탕을 싫어하기로 결심했다. 그래서 할머니가 직접 만든 추어탕도 냉동실에 처박아 놓고 못 본 척하고 있었는데, 하필 대회 직전에 추어탕이라니. 세상이 나를 놀리는 것 같았다.

아침도 건너뛰었기 때문에 안 먹는 건 옵션에 없었다. 시간이 촉박해서 편의점 들렀다 갈 시간도 없었고. 어떻게든 추어탕 빼고 반찬 위주로 먹으려고 식판을 들고 자리에 앉았는데, 담임이 식판을 들고 와서 내 건너편에 앉았다. 선생님들은 따로 먹는 자리가 있는데 이상한 백이상은 학생들과 내외하는 법이 없었다. 아이들과 빨리 친해지고 싶은데 정해진 상담 시간만으로는 부족하다며 밥 먹을 때도 꼭 학생들 옆으로 와서 앉았다.

"쌤, 저 1번이라 저번에 상담했는데요?"

"어, 나도 알아. 김하준, 이리 와서 앉아. 오늘은 너야."

하준이라는 애는 쑥스러운 듯 얼굴이 발개진 채 담임 옆에 앉았다. 입학식 날 나를 쳐다보던 수선화 녀석이었다. 쌤은 추어탕에 밥을 말며 하준에게 제안했다.

"너희 어머니가 어제 전화하셨었어. 수시 쓸 때 멘토링 활동 기록 있으면 좋다고 들었다면서, 너도 그거 했으면 좋겠다고 하시던데. 어때, 생각 있어?"

"저는 뭐……. 근데 멘토는 어떤 선배가 해주시나요?"

"네가 멘토인데? 입학 수석을 누가 가르치고 싶어 하겠어."

나는 그 말에 귀가 쫑긋 섰다. 김하준이 수석이라고? 근데 수석은 임시 반장 아니었나? 생각해 보니 조현승이 수석이라고 공식 발표된 적은 없었다. 신입생 선서식에서도 1학년 1반 1번이 연단에 대표로 올라갔으니까. 조현승과 같은 수학 학원에 다니는 애들이 '네가 우리 학교 수석 아니냐' 하는 말이 근거 없이 돌았을 뿐. 생각해 보니 이상했다. 수석은 입학 장학금 때문에 자신이 수석이라는 걸 모를 리가 없었다. 그렇다면 조현승이 수석인 척한 건가? 생각하느라 밥을 씹는 게 느려졌다. 앞에서 하준이 혼잣말처럼 중얼거렸다.

"저기 쌤, 저 1학년인데요. 1학년이 누굴 가르쳐요."

"1학년이 1학년을 가르치면 되지. 도움이 아주 절실한 학생을."

젓가락으로 감자채볶음을 뒤적이며 햄을 고르던 나는 갑자기 정수리가 따끔거렸다. 설마 하고 고개를 들었더니, 담임이 겉절이를 야무지게 씹으며 나를 바라보고 있었다.

"체육부장 쌤한테 들었는데, 나인이 너 중학교 때 성적 보니까 대회 출전 기준에 간당간당할 것 같다고 그러시더라. 춘계 대회야 중간고사 전이고 1학년이니까 일단 교장 선생님 재량으로 나가는데, 다음 대회도 나가려면 성적 관리해야겠던데?

교장 선생님도 아무리 운동부라도 공부가 중요하다고 하시고. 그래서 말인데, 하준이랑 어때?"

"네에? 제가 얘랑요?"

하준은 숟가락을 떨어뜨리고 두 눈이 튀어나올 것처럼 커진 채 떨리는 목소리로 되물었다. 그건 내가 하고 싶은 말이었으나, 어쨌든 하준도 나와 같은 생각이라니 잘됐다 싶었다. 그래서 냉큼 쐐기를 박았다.

"전 싫어요. 안 해요."

"아, 그래? 그럼 학원 좀 다니는 거 어떠니? 운동부인데 시간이 따로 되려나. 아버님께는 내가 이따 체육관에서 얘기 좀 해볼게."

"쌤! 절대 안 돼요!"

"그치? 체육부장 쌤 말 들어보니까, 너희 아버지께서 네 걱정이 많으신 것 같더라고. 그럼 겸사겸사 시간도 아낄 겸 아침 자습이랑 점심, 동아리 시간 활용하면, 딱 좋을 것 같은데?"

그렇게 일사천리로 하준과 나는 멘토, 멘티로 정해졌다. 밥이 코로 들어가는지 입으로 들어가는지 모른 채 점심시간이 끝났다.

결국 점심 먹은 게 체한 건지 속이 불편했다. 주먹으로 가슴을 쳐보았지만 영 도움이 되지 않았다. 김세주는 나를 물끄러 미 보더니, 각종 약이 든 파우치를 꺼내 소화제를 내밀었다.

"장난이었는데 미안하게 또 체하고 그러냐. 이거 먹어. 효과 직방이야."

나는 필요 없다고 거절하려고 했다. 그런데 예준 선배가 단 양까지 갈 길이 멀다며 먹으라고 재촉해서 어쩔 수 없이 받았 다. 그러고는 짐을 옮기고 승합차에 앉았다. 선배들은 1학년끼 리 친하게 지내라고 자리를 마련해 주었다. 원치 않는 부담스 러운 배려였다. 김세주는 별말 없이 내 옆에 앉았다.

타자마자 준비한 헤드셋을 썼는데, 잠이 오질 않았다. 옆에 서 김세주가 입을 벌린 채 코를 골았기 때문이다. 선배들은 이 건 꼭 흑역사로 박제해야 한다며 그 모습을 동영상과 사진으 로 남기며 키득거렸다. 하지만 나는 웃을 수 없었다. 2인 1실 숙소에서 김세주와 같은 방을 쓸 텐데 오늘 밤 코골이의 습격 을 생각하니 걱정이 스멀스멀 올라왔다.

우리는 숙소에 짐을 풀고 난 후, 예약해 둔 근처 체육관에서 몸을 풀었다. 몸풀기였지만 실전처럼 사력을 다해 뛰었다. 오 늘 밤에 무조건 김세주보다 일찍 잠들 생각으로 편의점에서 형광 노랑 귀마개도 사놓았지만 그럴 필요가 없었다. 훈련이 끝나고 방에 들어오자마자 나는 씻지도 못한 채 그대로 기절해 버렸다.

　다시 눈을 떴을 때는 새벽 5시였다. 무언가 부스럭거리는 소리에 잠에서 깬 것이다. 어둠 속에서 눈을 가늘게 뜨고 보니, 화장실에 불이 켜져 있었다. 화장실 앞에는 김세주가 수건으로 머리를 둘둘 만 채 현관문 앞에 쪼그리고 앉아 있었다. 곧이어 김세주가 현관 매트 위에 맨발로 서서 내 운동화 옆에 제 발을 가져다 댔다. 나는 몸을 벌떡 일으켰다. 그러고는 전광석화처럼 빠르게 달려가 김세주의 팔을 잡아서 뒤로 끌었다.

　"너, 뭐 하냐?"

　"어우, 깜짝이야. 일어났어?"

　"뭐 하냐고. 왜 남의 신발을 건드려?"

　"내가 발이 좀 작아서 너랑 발 크기를 좀 대보려고……."

　김세주는 그 말을 하지 말았어야 했다. 나도 모르게 주먹이 꽉 쥐어졌고 온몸이 부르르 떨렸다. 배구에서는 키가 클수록 점프할 때 유리해서 남들보다 머리 하나는 더 큰 게 나의 자긍심이었다. 문제는 키가 큰 만큼 발도 크다는 것이었다.

　유치원 때 다른 반 애들이 내 왕발을 보겠다며 동물원의 원숭이를 구경하듯 개나리반까지 찾아오곤 했다. 동화 속 공주들은 모두 발이 작았다. 특히 신데렐라는 발이 커서 유리구두를 신지 못한 못된 언니들과 달리 발이 아주 아담했다. 잃어버린 신발 한 짝으로 인생 역전한 것은 콩쥐도 마찬가지였다. 유치원 선생님이 구연동화 시간에 못된 팥쥐가 꽃신이 자기 것이라고 우기며 신으려 했으나, 발이 너무 커서 들어가지 않았다는 이야기를 해줄 때 아이들은 배를 잡고 깔깔 웃었다.

그때 나는 세상 심각한 표정으로 꼬아 앉은 다리를 꾹 눌러서 발을 숨겼다. 동서고금을 막론하고 왜 모든 악녀는 왕발인걸까. 대체 왜! 어릴 때부터 나의 소망은 발 사이즈가 한 치수라도 작아지는 것이었다.

부끄러워서 감추기 바빴던 약점이 배구를 시작한 후 바뀌었다. 다들 내 키를 보고 부러워했다. 똑같은 높이를 점프해도 확실히 키가 크니까 블로킹도 더 쉬웠고, 공격할 때는 자연스럽게 힘이 더 실렸다.

하지만 발이 큰 건 시간이 지나도 여전히 콤플렉스로 남았다. 여성용으로 나온 예쁜 신발은 250이 마지노선이었다. 그보다 발이 큰 여자들은 예쁜 신발을 신을 자격이 없다는 듯이 아예 생산조차 하지 않았다. 어쩔 수 없이 나는 초등학교 때부터 남녀공용 신발만 신었다.

나는 씩씩거리며 내 운동화를 집어 가슴에 끌어안았다. 김세주는 '뭘 그렇게까지 예민하게 구느냐'는 눈빛이었다. 내 행동이 유난스럽고 어떻게 보면 쪼잔해 보일 거란 생각이 뒤늦게 들었다. 그래도 발이 큰 게 콤플렉스라고 고백할 순 없어서 빠르게 딴소리를 쏘아붙였다.

야구선수는 가장 아끼는 자신만의 배트가 있고, 수영선수는 중요한 경기 때 쓰는 자신만의 수영모가 있다. 하지만 배구는 유일한 무기인 공도 계속 바뀌고, 유니폼 역시 선택할 수 있는 영역이 아니다. 배구선수가 집착할 수 있는 건 오직 신발뿐이었다. 그게 김세주에겐 헤어밴드인 것처럼.

"그니까 입장 바꿔서 생각해 봐. 내가 네 헤어밴드에 땀 묻히면 좋겠어?"

엄청나게 논리적인 말로 김세주의 코를 눌러버렸다고 생각했다. 그런데 김세주는 미간을 찌푸린 채 내 운동화를 한참 쳐다보다가 차분하게 말했다.

"뭔가 오해가 있는 것 같은데, 아까 내 말은⋯⋯ 네가 부럽단 소리였어. 발이 크면 키도 곧 따라서 클 거라고들 하잖아. 너처럼 크고 싶은데 나는 발이 좀 작으니까."

김세주의 입에서 생각지도 못한 말이 튀어나오자 나는 얼어버렸다. 이러면 내가 뭐가 돼? 나만 질투에 눈이 멀어서 자격지심만 득실득실한 살리에리 같잖아. 머릿속이 복잡하고 혼란스러웠다. 오해해서 미안하다, 한마디면 껄끄러운 상황이 끝

난다는 걸 알았다. 몇 시간 뒤면 경기가 시작되니까 그게 가장
현명한 대처법이기도 했다.

"그게 네가 생각한 핑계야? 하, 그래. 그렇다고 치자."

야, 구나인! 너 미쳤어? 어쩌려고 이렇게 막 나가는 거냐고!
내면의 이성이 아우성쳤지만, 열일곱의 나는 이번에도 자존심
을 택했다. 한껏 비아냥거리는 내 말투에 김세주의 한쪽 눈썹
이 찌익 올라갔다. 김세주는 눈빛이 돌변했다.

"핑계? 아니 내가 네 신발을 손으로 구겼어, 아님 밟았어?
왜 이렇게 오바야. 아, 발은 좀 댔다. 근데 냄새는 안 나. 너랑
달리 방금 씻고 나왔으니까. 그게 그렇게 싫었어?"

"냄새? 너 말 다 했어?"

"아니, 아직 남았어. 그리고 난 네가 내 헤어밴드에 땀 묻혀
주면 엄청 좋을 것 같은데? 한국 배구를 이끌어갈 유망주가
내 물건을 만져주는데, 나야 소름 끼치게 영광이지."

나는 브레이크가 고장 난 트럭처럼 돌진했고, 이제 보니 김
세주 역시 후진 따윈 모르는 성격이었다. 나도 냄새 나는 신발
을 꽉 끌어안은 채 지지 않고 쏘아붙였다.

"이게 네 본심이었구나? 선배들 앞에서는 살랑거리면서 성
격 좋은 척은 혼자 다 하더니, 그것도 다 전략이었나 보네."

"이게 진짜, 씨. 야! 너 내가 세터인 건 알지?"

말문이 막혔다. 문득 어제 아침에 아빠가 한 말이 떠올랐다. 김세주는 우리 팀에서 대체 불가능한 유일한 세터였다. 배구는 받고 올리고 때리는 삼단 공격이 기본인데 그중 가장 중요한 연결고리가 공을 올리는 세터였다. 그리고 아웃사이드 히터는 나 말고도 팀에 더 있었고.

그때였다. 거칠게 문을 두드리는 소리가 복도 끝에서부터 점점 우리 쪽으로 가까워져 왔다. 주장이 방을 돌며 선수들을 깨우고 있었다.

"씻고 준비하고 나와. 자는 거 아니지?"

"아닙니다!"

"깼습니다!"

김세주와 나는 경쟁하듯 대답했다. 그러고는 몸을 돌려 나는 화장실로, 김세주는 캐리어 쪽으로 향했다.

첫 경기 상대는 산하고였다. 먼저 도착해서 몸을 풀던 산하고 선수들이 일제히 나를 쳐다보았다. 나는 겨울날 모닥불이 된 것처럼 부담스러웠다. 착각이 아니었다. 스트레칭을 하는데, 몇몇이 나를 힐금거리며 수군거렸다.

"쟤 석탑고였어? 왜 정예고 안 갔대?"

"안 간 게 아니라 못 갔다는 소문이 있어."

"에이, 말도 안 돼. 구나인이? 근데 왜?"

급히 가방에서 헤드셋을 꺼내려는데, 옆에서 하린 선배가 김세주에게 무어라 묻는 소리가 들렸다.

"주전으로 뛰는 거 처음이랬지? 안 떨려?"

"심장 터질 것 같아요! 저 잘할 수 있겠죠? 범실하면 안 되는데."

떨려 죽겠다더니, 순전히 페이크였다. 김세주는 코트에 서자마자 훨훨 날아다녔다. 세터마다 공을 주는 스타일이 천차만별로 다른데 김세주는 고정된 스타일이 없었다. 어떤 때는 공격수가 잘 때리게끔 예쁘게 공을 주는가 하면, 어떤 때는 누구에게 줄지 알 수 없게 대담하고 거칠게 공을 뿌려서 공격수들을 긴장시켰다. 언제 공을 줄지 모르니까 항상 대비하고 있어야 한다는 게 훈련 때 파악한 김세주의 스타일이었다. 볼 끝에 힘이 부족했던 것은 며칠 만에 극복해 버렸다. 김세주는 짜증 날 정도로 잘했다.

반면 나는 최대한 넓은 범위를 커버하기 위해 기를 쓰며 움직였다. 체력이 빠르게 소진되면서 허둥대는 게 느껴졌지만 문제는 나뿐만이 아니었다. 예준 선배는 프로팀에서 나온 전력 분석관을 신경 쓰는 탓인지 공격에 욕심을 부렸고, 2세트부터는 상대 팀에서 두 명이나 예준 선배 쪽으로 밀착 방어하며 블로킹했다. 결국 김세주는 아웃사이드 히터인 나나 민서 선배 쪽으로 공을 보낼 때가 많았는데, 나는 반박자가 느렸고 민서 선배는 점프가 약했다. 정말 총체적 난국이었다.

감독님이 훈련 내내 화이트보드에 그려가며 강조했던 빈틈 없는 작전이 코트에 서는 순간 소용없었다. 다들 동물적인 감각에 의존해 공을 따라 몸이 움직일 뿐 작전을 생각하고 이동하지 않았다.

정신없이 뛰다가 3세트까지 끝나버렸다. 결국 3 대 0으로 우리는 산하고에 졌다. 진 게 부끄러워서 숨도 작게 쉬고 싶은데, 너무 힘들어서 가슴이 크게 오르내렸다.

"오랜만이네, 우리 막둥이."

작년에 U18 주장이었던 성희 선배가 짐을 챙기는 내게 다가왔다. 나는 쭈뼛거리며 인사했다. 성희 선배는 예전처럼 주먹으로 내 어깨를 콩 치며 다정하게 말했다.

"부상은 괜찮아? 수술 때문에 빠졌단 소식은 들었는데, 아직 아픈 거야?"

우리나라 U18 국가대표팀은 작년 아시아선수권대회에서 중국에게 졌다. 하지만 다음날 이어진 터키와의 경기에서 이겨 동메달을 땄다. 그렇게 U19 출전권을 따냈다. 성희 선배는 내가 겨울에 열린 선발 테스트에서 보이지 않자 부상 때문에 참가하지 못했다고 생각하는 것 같았다. 실은, 테스트에 오라고 연락조차 오지 않았다. U19 감독님은 내가 달라진 모습을 가장 먼저 알아챈 정예고 감독님이었다.

"아니에요. 이제 다 나았어요. 언니는 여전히 멋지세요."

"뭐래. 근데 진짜 몸 괜찮은 거지?"

"네? 네! 진짜 괜찮아요!"

"그래? 으음. 참, 너희 팀 세터 잘하던데? 1학년이라고? 새로운 루키인가?"

성희 선배는 김세주에 대해 더 묻고 싶어 했다. 하지만 다음 경기 때문에 빨리 짐을 빼야 해서 다음에 보자는 인사를 하고는 산하고 배구부 쪽으로 뛰어갔다. 나 역시 운동 가방을 챙겨 드는데 김세주가 뒤에 서 있었다. 나는 말없이 김세주를 지나쳐 먼저 경기장 밖으로 나갔다.

몸이 물에 푹 젖은 것처럼 무거웠다. 어디로 공을 때리면 되는지 뻔히 길이 보이는데도 몸이 빠르게 움직여지지 않으니 눈이 밝아도 소용없었다. 자괴감이 또 발끝에서부터 모락모락 피어올랐다.

감독님은 내일 또 경기가 있으니 오후 훈련은 빼고 푹 쉬라고 하셨지만 그럴 수가 없었다. 나는 스플릿 스텝이라도 연습하려고 운동 가방을 들고 체육관 뒤쪽 후미진 곳으로 가고 있었다. 그런데 뒤로 김세주가 따라왔다.

"구나인, 잠깐 얘기 좀 해. 너 혹시 U18 때 부상 때문에 자꾸 코트에서 머뭇거리는 거야?"

"그걸 네가 왜 궁금해하는데? 네가 감독이야? 주장이야? 네가 뭔데?"

나는 예민해져 말이 곱게 나가지 않았고 김세주 역시 헤어 밴드를 거칠게 빼며 강하게 말했다.

"몇 번을 말하냐. 세터가 뭘 알아야 공을 맞춰서 주지. 네가 훈련 때부터 코트에서 삽질하는 건 알겠는데, 대체 그 이유가 뭐냐고!"

"선 넘지 마. 내 문제는 내가 해결해. 루키니 뭐니 칭찬 좀 들으니까 우쭐한가 본데, 네가 모든 걸 통제할 수 있다고 생각 하지 말라고. 그거 오만이야."

나는 높게 올려진 토스를 강스파이크로 내리꽂았다. 네트 건너편이 아니라 우리 쪽 코트에 꽂아버렸다는 게 뒤늦게 떠 올랐지만, 이제 와 발뺌할 수는 없었다.

"야, 구나인!"

"뭐, 김세주!"

"야아! 너희들 뭐 하는 거야!"

예준 선배의 목소리였다. 큰 소리가 나자 예준 선배가 체육관 뒤쪽으로 온 것 같았다.

"여기 우리 학교만 있어? 전국에서 다 왔는데 이게 무슨 망신이야. 너희들 제정신이야!"

곧이어 시온 선배도 다가와서 소리 좀 낮추라며 예준 선배를 말렸다. 하지만 예준 선배는 팔다리에 멍이 부쩍 심해진 시온 선배를 보자 더 화가 뻗치는 듯 호통에 감정이 실렸다.

"구나인. 네가 제대로 리시브를 안 받쳐 주니까 시온이가 몸이 갈리잖아. 이거 안 보여?"

"야야, 그만해. 플라잉 디그는 내 특장기야. 그걸 왜 1학년한테 뭐라 그래. 예준아, 가자. 너 지금 당 떨어져서 예민해서 그래. 밥 먹자 얼른."

시온 선배는 일이 더 커질까 예준 선배를 끌고 갔고, 다른 선배들도 내일 잘하자며 김세주와 내 어깨를 두드렸다. 하지만 소라 선배는 나사처럼 꽉 조여진 표정을 풀지 않았다. 마지막까지 남아 나와 김세주를 한참 노려본 뒤, 무겁게 가라앉은 목소리로 쏘아붙였다.

"잘들 하자 좀."

우리는 둘 다 고개를 들지 못했다. 나는 어금니를 꽉 깨물고 결심했다. 내일 경기에서는 기필코 김세주를 이기겠다고. 루키든 에이스든 그게 뭐든 석탑고 간판 타이틀은 죄다 내가 가져야겠다고.

다음 날 오후, 정예고와의 경기가 벌어졌다. 실업팀을 비롯해 프로팀까지 어제보다 더 많은 전력 분석관이 왔다는 이야기가 돌며 1세트부터 열기가 고조되었다. 정예고에서는 2학년인 리베로를 빼고는 스타팅 멤버로 3학년만 출전시켰다.

경기가 쉽지 않으리란 건 예상했지만 불길한 예감은 틀리는 법이 없었다. 소라 선배는 파이팅하자고 소리치느라 목이 쉬었고, 하린 선배는 무리해서 점프하다 착지 때 발목을 접질렸다. 민서 선배는 쏟아지는 목적타 세례에 멘탈이 흔들린 것 같았고, 예준 선배는 악착같이 공만 보고 뛰었으며, 김세주는 계속 유니폼 상의 끝으로 공을 닦았다. 그 사이에서 나는 불협화음처럼 반박자 느린 엇박자로 움직였다.

접전까지 몰고 갔으나 후반에 체력이 떨어지면서 1세트를 상대에게 내주었다. 2세트까지 말아먹자 경기 중 압박감이 그 어느 때보다 최고조로 달했다. 다시금 나콘빠톰 스포츠센터 코트에 선 것만 같았다.

'정신 차려, 구나인. 아무렇지도 않다는 걸 보여줘야지!'

나는 스스로를 호되게 몰아붙이며 뛰었다. 3세트에서 흐름을 바꾸려면 이번에 이겨야 한다는 생각에 모두 이를 악물고 뛰었다. 우리는 마음이 급해서 코트 안에서 오가는 대화라고는 야! 넣어! 올려! 때려! 히터! 이런 식이었다. 심지어 토스도 "톳!"이라고 외쳤다.

빨라진 호흡을 끊어준 건 상대 팀 감독님이었다. 우리 팀의 조급한 호흡에 말려 상대 팀까지 어이없는 범실이 나오자 안 되겠다 싶었는지 작전 타임을 부른 것이다. 우리 쪽 역시 감독님이 일침을 가했다.

"예준아, 팀원들이 빨라지려고 하면 네가 조절해야지. 그게 주장이야."

그 후 예준 선배는 우리가 조급하게 움직이면 일부러 공을 높게 띄워서 흐름을 조절했다. 어긋났던 손발은 앞 세트보다 나아졌지만 끝내 셧아웃으로 지고 말았다.

우리는 심장이 덴 듯한 기분으로 남은 대회 동안 다른 팀의 경기를 참관했다. 대회 우승은 예상대로 정예고가 차지했다. 디그 성공률이 높아서 개인상을 노렸던 시온 선배는 아쉬운 표정으로 시상식을 바라보았다. 우리 모두 마찬가지였다. 위산이 역류하는 것처럼 목구멍이 칼칼했다.

감독님은 일정이 끝난 후 낮은 목소리로 말했다.

"세상에 당연한 건 없다. 그게 뭐든 노력한 만큼 쟁취하는 거지. 그간 힘껏 노력했으니 보답받아야 하는데 그러지 못해서 억울해?"

쓴소리가 날아올 걸 예상했는데도 감독님의 한마디 한마디가 비수처럼 꽂혔다. 옆에서 훌쩍이는 소리가 들렸다. 당연한 건 없다는 걸 나도 안다. 하지만 쉬지 않고 노력한 결과가 패배라는 건 어떻게 생각해도 받아들이기 힘들었다. 나는 고개를 숙인 채 열중쉬어 자세로 주먹을 꽉 쥐었다.

"이번 대회에서 너희들은 배구를 한 게 아니야. 배구는 여섯이 한 몸처럼 움직이는 팀 스포츠야. 과연 너희들이 경기장에서 한 팀이었는지 잘 곱씹어 봐라."

강당에서는 우승 팀이 헹가래를 올리고, 유소년 배구를 취재 나온 유튜브 크리에이터가 우승 팀 멤버들을 인터뷰하며 촬영했다. 나는 화장실로 향했다. 첫 번째 칸에 들어가서 문을 닫고 잠갔다. 울고 싶은데 눈물이 나오지 않았다. 나는 울 자격도 없었다.

팀 경기는 톱니바퀴라 누구 한 명의 잘못으로 몰아갈 순 없다지만, 팀에서는 내가 제일 문제였고 이 패배는 나 때문이었다. 내가 반 발짝만 빨랐어도 그렇게 허망하게 밀리지는 않았을 텐데. 예전처럼 배구를 잘하고 싶은데 어떻게 해야 다시 잘할 수 있을지 답이 떠오르지 않았다.

변기 뚜껑 위에 쪼그리고 앉아 두꺼운 보호대로 감싼 무릎

사이에 얼굴을 파묻었다. 바늘이라도 떨어지면 소리가 날 것 같은 침묵이 나를 감쌌다.

얼마나 시간이 지났을까. 세면대가 있는 쪽에서 내 이름이 들려왔다.

"구나인, 정예고 배신 때리고 석탑고 가더니 뭐냐. 손발 느려서 엄청 허우적거리던데, 차세대 루키는 무슨."

질투는 나의 힘

목소리만 듣고도 누군지 알 수 있었다.

아연고 1학년 나채민. U18 선발 테스트에서 나와 마지막까지 경쟁했던 동갑내기 아웃사이드 히터. 키도 비슷한 데다 포지션도 겹쳐서 초등학교 때부터 대회마다 상을 두고 경쟁했었다. 내가 발목 수술 때문에 못 나간 작년 CBS 대회에서 나채민이 아웃사이드 히터상을 거머쥐었고, 이번 여름에 U19 청소년 국가대표로 뽑혔다고 들었다. 내가 주춤한 사이 치고 나간 건 김세주만이 아니었다. 나 빼고 모두가 빠르게 성장하고 있었다.

나는 그들이 내 플레이가 얼마나 거지 같았는지 씹는 걸 화장실 칸 안에서 묵묵히 듣고 있었다. 구구절절 다 맞는 말이라서 반박할 의지도 없었다. 그런데 어느새 이야기가 이상한 방향으로 흘렀다.

"야, 구나인이 석탑고 간 거 개 아빠 때문이라던데? 석탑중 감독직 제안받은 것도 다 오래전부터 얘기된 거래. 내년에 딸 석탑고로 데려오라고."

"대박. 그래서 석탑고 간 거였어? 하긴 후진 실력으로 정예고 가면 벤치 확정이니까. 언감생심 주전이 가능하겠냐."

"석탑고도 피해자 아냐? 구나인이 이 정도로 말아먹을 줄 알았겠냐고."

"야, 석탑중 감독 이름 뭐였지?"

"왜, 찾아보게? 인터넷에 검색하면 뜰걸. 구필승. 현역 때 플레이 구렸다던데? 감독은 현역 때 실력이랑 상관없다고들 하지만 그래도 좀 그렇지 않냐."

뚫린 입이라고 어디 감히! 나는 더 이상 참을 수가 없었다. 벌떡 일어나 화장실 문을 발로 팍 찼지만 문이 열리지 않았다. 너무 화가 나서 깜빡했다. 화장실 문은 '당기시오'라는 걸. 그때였다.

"구필승이 뉘 집 개 이름이야? 왜 우리 감독님 이름을 함부로 씨불이고 지랄이야!"

격앙된 목소리의 주인공은 김세주였다. 당황한 내가 다시 문을 안쪽으로 당겼지만 열리지 않았다. 나는 성격 급한 바보였다. 문이 잠겨 있는 걸 뒤늦게 깨달았다. 허둥지둥 걸쇠를 올리고 밖으로 나오니 김세주가 3대 1로 싸우고 있었다. 비명을 지르는 애들은 다 아는 얼굴이었다. 나채민 말고 나머지 둘은 나와 같은 초등학교 배구부 출신이었다.

개싸움에 뛰어들어야 하나 잠시 고민했으나 섣불리 움직이지 않았다. 김세주는 생각보다 훨씬 더 강했다. 저 작은 몸에서 어떻게 저런 힘이 나오나 싶을 만큼 팔다리를 쓰는 각도가 격투기 선수 못지않았다.

나는 화장실 입구에 서서 넋을 놓고 바라보는데 나채민이 김세주를 피해 이쪽으로 달려왔다. 밖으로 도망치려는 것 같았다. 나는 침착하게 문고리를 잡아서 반쯤 열린 문을 활짝 열어주는 척하면서 나채민 쪽으로 문을 빠르게 퍽 밀었다.

"아얏!"

나채민이 손바닥으로 이마를 붙잡은 채 뒤로 엉덩방아를 찧었다.

"어이쿠, 미안. 문 열어주려고 했는데 방향이 반대였네? 근데 이해하지? 너도 알다시피 내가 손발이 느려서 엄청 허우적거리잖아?"

꽤나 소란스러웠던 탓에 곧이어 어른들이 득달같이 달려왔다. 어떻게 된 일이냐, 경기 때문에 시비 붙은 거냐는 질문이 쏟아졌지만 누구도 입을 열지 않았다. 그런데 경기를 보러 왔던 관람객들이 복도에서 휴대폰으로 다 찍었다며 동영상을 내밀었다. 송 감독님은 감정이 미숙한 애들끼리 싸운 거니 어른들이 이해하고 넘어가자고 제안했지만, 윤 감독님은 고개를 옆으로 꺾고 혼잣말처럼 구시렁거렸다.

"싸웠다고 하기엔 한쪽이 일방적으로 맞은 것 같은데. 아연고 애들만."

의미심장하게 말을 던졌지만, 아연고 감독님은 헛기침한 뒤 선수들을 데리고 버스로 가 버렸다. 윤 감독님은 김세주와 나를 빤히 보다가 먼저 돌아서서 갔다. 김세주는 화장실에서 물을 틀고 손을 씻었다. 나는 아까 일에 대해 이야기해야 할 것 같아서 김세주 옆을 서성거렸다.

김세주는 나를 흘긋 보더니 할 말 있으면 하라고 했다. 이럴 땐 뭐라고 말해야 할까. 고마워? 근데 뭐가 고맙지? 그것들을 내 손으로 직접 조졌어야 하는데, 네가 대신 나서 줘서? 머리채를 훌륭하게 잡아 뜯은 것에 리스펙트를 날리기엔 이제까지 주고받은 날 선 말들이 좀 겸연쩍었다. 운을 떼지 못해 머뭇거리는데, 김세주가 수도꼭지를 잠그고 물었다.

"전부터 궁금했는데, 석탑고에는 왜 온 거야? 정예고로 확정된 거 아니었어?"

김세주의 말투는 담담했다. 정말 궁금한 것 같았다. 어쩌면 모두 그럴 것이다. 누구에게도 설명한 적 없으니까. 하지만 이 상황에 김세주가 나에게 그걸 묻는 건, 아까 나채민이 말한 게 정말이냐고 묻는 것만 같았다. 그래서 의도치 않게 말이 세게 나갔다.

"정예고 닭장에 갇히기 싫어서 석탑고로 온 건지, 그게 궁금한 거야? 하, 진짜. 나도 좀 묻자. 우리 아빠 얘긴데 왜 네가 더 난리야?"

"날 가르쳐주신 감독님이니까 당연히⋯⋯. 아니, 그렇게 억울하면 내가 나서기 전에 네가 발 빠르게 따졌어야지?"

"느리다고 비꼬는 거야?"

"몸은 느린 게 눈치만 빨라가지고는."

나는 순식간에 김세주 머리끄덩이를 잡았다. 누가 먼저 시작했는지는 중요치 않았다. 둘 다 진심이었다는 게 중요했지. 언젠간 벌어질 일이었고 그게 하필 이 타이밍에 이곳이었을 뿐. 김세주는 악성 곱슬머리여서 손가락을 깊이 넣어 뜯기 좋았고, 김세주 역시 자신이 왜 손가락이 긴 세터인지 증명하려는 듯 내 머리카락을 세게 잡아당겼다.

두피가 너무 아파서 이쯤에서 싸움을 말려줄 선배의 등장이 간절했다. 그런데 이번엔 누구 하나 말리러 오지도 않았다. 먼저 그만하자고 할 수도 없어서 씩씩대기만 했다. 그때 갑자기 공기가 달라지는 느낌이 들었다. 눈을 돌렸더니 화장실 입구에서 우리를 바라보는 고요한 시선과 마주쳤다.

"야야, 놔. 빨리!"

"웃기시네! 오늘 내가 너 머리털 다 뽑아버릴 거야!"

"아우! 감독님 오셨다고!"

윤 감독님이 아이스 아메리카노를 빨대로 쪽쪽 빨며 우리가 싸우는 모습을 지켜보고 있었다. 뒤에 선배들도 손에 음료수를 하나씩 들고 있었는데, 예준 선배 손에는 우리 것으로 보이는 음료수가 두 개 더 들려 있었다. 감독님이 바람 한 점 일지 않는 잔잔한 호수처럼 평온하게 말했다.

"세상에서 제일 재밌는 게 싸움 구경이라던데, 내 새끼들끼리 싸우는 건 영 재미가 없네."

"죄송합니다."

"다신 안 그러겠습니다."

"그렇게 싸우고들 싶다면 판을 제대로 깔아줘야지. 한 달 뒤 중간고사 끝나고 리시브 대결. 내 공을 받다가 먼저 포기하는 선수가 5월 종별 선수권 대회 내내 벤치 확정."

"저, 감독님. 세주는 센터인데요. 다정이가 복귀를 못 하는데, 세주를 빼면 경기가 어렵습니다."

예준 선배가 주장으로서 그것만은 안 된다며 나섰지만 감독님의 결심은 확고했다.

"세터가 벤치로 빠져도 대회 나갈 방법 있잖아?"

모골이 송연해졌다. 설마, 클럽에서 세터를 섭외하려는 걸까? 선수 인원이 빠듯한 학교에서 부상으로 결원이 생기면 어쩔 수 없이 그러는 경우가 있었다. 하지만 친선 경기도 아니고 종별 선수권 대회에서 세터를 수혈받아 나간다? 그건 대회를 포기하는 것이나 다름없었다.

그게 아니라면 우리 중 한 명이 포지션을 세터로 변경해서 등록하는 것이다. 그것 역시 말이 되지 않았다. 갑작스러운 포지션 변경은 국가대표 선수들에게도 어려운 일인데, 자신의 포지션을 제대로 소화하기도 벅찬 청소년 선수가 포지션을 갑자기 세터로 바꾼다?

김세주와 나는 누가 먼저랄 것도 없이 바닥에 무릎을 꿇고 감독님에게 잘못했다고 싹싹 빌었지만 애원은 통하지 않았다. 감독님의 결심은 확고했다.

우리는 머리카락이 삐쭉 삐쭉 솟은 채 좁은 승합차 안에서 나란히 딱 붙어 앉았다. '저희 앞으로 절대 안 싸우고 친하게 지낼게요'를 어필하는 반성의 자세였지만, 감독님은 우리가 그러거나 말거나 신경도 쓰지 않았다. 학교로 돌아오는 길은 멀고도 느렸다.

노란 유니폼. 14번이 점프……. 어? 헤어밴드를 차고 있네? 자세히 보니 키가 엄청나게 커진 김세주였다. 네트 너머의 상대 선수 여섯 명 모두 헤어스타일이 다른 김세주였고, 심판, 감독님, 관중들 역시 모두 김세주였다. 심지어 우리 코트엔 달랑 나 혼자였다.

이게 뭐야! 항의할 새도 없이 14번의 손에 맞은 공이 내 쪽으로 날아왔다. 자세를 잡고 공을 받아 올리려는데 배구공에 눈코입이 박혀 있었다. 또 김세주였다.

"으어억!"

하루아침에 악몽이 바뀌었다. 훨씬 더 짜증 나는 방식으로. 코끼리를 떠올리지 말라고 하면 그때부터 코끼리만 떠오른다더니, 나에게 김세주가 꼭 그랬다. 김세주는 엄청나게 큰 코끼리여서 어딜 가든 눈에 띄었고 조금만 움직여도 이쪽에서 알아챌 수밖에 없었다.

열일곱 평생 누군가를 이토록 신경 쓰며 살아온 적이 없었기에 이런 감정이 당황스러웠다. 나만 보면 못 잡아먹어서 으르렁거리던 나채민도 이런 느낌은 아니었다. 경쟁하려고 들면 키도, 점프도, 공격 폼도 나채민이 더 라이벌에 가까웠지만 그

애와는 이런 일이 한 번도 없었다. 이유는 명확했다. 손뼉도 마주쳐야 소리가 나는데, 걔가 무슨 짓을 하든 내가 신경도 쓰지 않았기 때문에 싸움이 되질 않았다.

그런데 김세주는 왜 이렇게 신경 쓰이는 걸까. 포지션도 다르고, 키도 내가 훨씬 큰데. 고요한 가운데 어디선가 물소리가 들렸다. 옆집에서 샤워기를 트는 소리였다. 오래된 아파트라 사생활 따윈 없었고, 해도 뜨지 않은 새벽의 정적 속에 물소리는 유독 튀었다.

냅다 일어나 씻지도 않고 옷부터 갈아입었다. 때마침 옆집 물소리가 끊겼다. 나는 미리 얼려 둔 물을 냉동고에서 꺼내 가방에 넣다가 실수로 떨어뜨렸다. 돌덩이 같은 페트병이 바닥에 떨어지는 소리가 크게 울렸다. 그 순간 느낌이 찌르르 왔다. 김세주도 분명 들었다! 지금부터 속도전이다. 나는 손에 잡히는 대로 땀 닦는 수건 등을 운동 가방에 쑤셔 넣고 현관문으로 달렸다.

운동화를 구겨 신으면서 문을 열고 밖으로 나왔다. 그때, 옆집에서 김세주도 밖으로 나왔다. 우리는 눈이 마주치자마자 누가 먼저랄 것도 없이 뛰었다. 엘리베이터는 1층에 있었다. 몸을 돌려 비상구 계단으로 뛰었고, 구겨 신은 신발을 다시 제대로 신는 사이 김세주가 나를 추월했다. 젠장! 우리는 앞서거니 뒤서거니 하며 아파트 단지 사이를 우다다다 달렸다.

우리가 향한 곳은 학교 체육관이었다. 민서 선배가 감독님이 평소 아침 6시부터 8시까지 학교 체육관에서 몸을 푼다는 걸 귀띔해 주었다. 중간고사 끝나기 전에 이 사태를 꼭 돌려놓으라는 조언과 함께. 그래서 김세주와 나는 며칠 전부터 체력 훈련을 핑계로 우리가 달라졌다는 모습을 감독님께 보여드리고자 체육관으로 와서 훈련했다.

그뿐만 아니라 우리가 친해졌다는 모습을 보여드리는 게 중요했기 때문에 함께 달리고 등을 맞대고 몸을 푸는 쇼를 했다. 하지만 감독님은 스트레칭을 하며 본인의 몸을 푸는 데 집중할 뿐 우리 쪽은 쳐다보지도 않았다. 애가 탔다.

6시 10분이 되자 예준 선배가 들어왔다. 사태가 이렇게까지 된 데에는 주장으로서의 책임도 크다며 자발적으로 나와서 우리를 봐주는 것이었다.

"나인이는 미꾸라지라 그렇다 쳐도, 세주 너는 진짜……."

예준 선배는 할 말이 많은 것 같았지만, 감독님이 해외 영상으로 전술을 연구하는 중이라 말을 아꼈다. 주장의 말에 속상했지만 감정이 얼굴에 드러나지 않도록 꾹 삼켰다. 나는 미꾸라지라 이렇게 문제 일으키는 게 당연하다고 생각하는 걸까. 대체 이 미꾸라지 꼬리표는 언제쯤 뗄 수 있을지 막막했다.

예준 선배는 공을 던지고, 김세주는 공을 올리고, 나는 네트 너머로 공을 때렸다. 진짜 더는 못 때리겠다 싶을 때쯤, 예준 선배가 오늘은 이쯤에서 그만하자며 공을 챙겼다. 어느새 8시 였다. 이제 학교 갈 준비를 해야 했다. 운동 가방을 챙기고 인 사를 하고 나가려는데, 감독님이 로커룸 쪽으로 걸으며 혼잣 말처럼 중얼거렸다.

"공을 리시브하려면 순발력이랑 체력이 필요할 텐데, 배구 머리가 영 안타깝네."

우리 셋은 벙찐 표정으로 입을 벌린 채 감독님의 뒷모습을 쳐다보았다. 화이트보드를 보니 '순발력 훈련' 아래에 '사이드 스텝&왕복달리기'가 적혀 있었고, '체력 훈련' 아래에는 '다리 위주 근력운동'이라고 적혀 있었다. 정리 후 체육관 밖으로 나 온 예준 선배는 곰곰이 생각하더니 우리에게 말했다.

"아무래도 이런 쇼는 통하지 않을 것 같으니까 중간고사 끝 나고 보자. 누가 되든 어떻게든 되겠지."

주장의 말대로 이미 엎질러진 물이라 김세주와의 대결은 피 할 수 없었다. 붙어야 한다면 무조건 이기는 수밖에. 어렸을 때부터 체력이라면 누구에게도 뒤지지 않았지만 여유 부릴 생 각은 없었다. 나는 먼저 집으로 달렸고 한발 늦게 김세주가 바 짝 뒤쫓아오는 소리가 들렸다. 이를 악물고 달렸다.

아침 훈련은 다음 날에도 계속되었다. 6시까지 체육관에 가는 건 똑같았지만 김세주와 나는 떨어져서 각자 훈련했다. 순발력을 위해 체육관 양 끝을 찍고 달리는 훈련을 하고, 다리의 힘을 키우기 위해 스쾃을 했다. 처음엔 김세주를 신경 쓰며 했지만, 한계점을 넘어서자 내려갈 땐 죽을 것 같고 일어나면 살 것 같다는 두 가지 생각밖에 들지 않았다.

너무 피곤했지만 중학교 때처럼 수업 시간에 마음 편하게 엎드려 잘 수가 없었다. 고등학교 시험 범위는 자비라곤 없었고, 수행평가는 하루에도 몇 개씩 새로 생겼다. 점심시간에 운동장에서 축구하던 애들은 사라지고, 밥 먹자마자 교실에서 엎어져 자거나 문제지를 푸는 애들이 늘었다. 나 역시 꼼짝 없이 교실에서 공부했다. 대회 때문에 빠진 수업 진도를 보충하려고 하준에게 필기 노트도 빌리고 설명도 들으며 시험공부에 매진했다.

하준이 자기 의자를 내 쪽으로 끌고 와서 수학 공식의 원리를 20분째 설명해 주었다. 나는 어차피 수학은 해도 안 될 것 같으니 암기과목 위주로 하고 싶었지만, 알고 보니 하준은 수 친자였다. 평생을 수포자로 살아온 나인데 하필 수학에 미친 자가 멘토라니, 운명의 장난 같았다. 마치 라디오 틀어놓은 것처럼 듣다 보면 시험 때 도움이라도 되지 않겠나 싶어서 귀만 열어두었다.

김세주는 우리가 딱 붙어서 공부하는 모습을 똥 씹은 표정으로 노려보고 있었다. 전담 코치처럼 딱 붙어서 일대일로 가르쳐주는 멘토가 있어서 부러운 건가? 훗. 나는 김세주를 의식하며 고개를 크게 끄덕였다. 그러고는 하준의 설명을 모두 이해하는 척 미소를 흘렸다.

"역시 수석은 다르네. 설명이 아주 귀에 쏙쏙 박혀."

내 칭찬에 하준의 얼굴이 발그스름해졌다. 김세주 들으라고 한 소리인데, 반응이 예상치 못한 곳에서 터졌다. 조현승이 의자를 뒤로 끌며 신경질적으로 일어나더니 뚜벅뚜벅 김세주에게로 향했다.

"야, 너 나랑 멘토링 하자. 난 수시 쓸 때 좋고, 넌 성적 올려서 좋고. 배구부라 대회 나가려면 공부도 좀 해야 하지 않냐? 내가 가르쳐줄게."

책상에 머리를 기대고 반쯤 졸던 애들이 슬금슬금 머리를 들고 김세주와 조현승을 쳐다보았다. 다들 팝콘이라도 꺼내들 기세였다. 김세주는 의자를 뒤로 빼서 비스듬히 등을 눕히고 다리를 꼬며 말했다.

"나 공부 잘하는데? 타고난 머리가 좋아서 누구처럼 굳이 '일대일'은 필요 없어."

시선은 조현승을 향해 있었지만 그건 나를 노린 공격이었다. 쟤 지금 나보고 멍청하다고 돌려 깐 것 같은데? 나는 이참에 내 더러운 성질 좀 보여주려고 자리에서 일어나려 했다. 그때 하준이 침착한 목소리로 나섰다.

"재능만 믿고 노력 안 하는 게 자랑은 아니지. 노력을 이기는 재능은 없다, 누가 한 말이더라?"

나는 깜짝 놀라서 하준을 보았다. 평소엔 목소리도 작고 수줍음이 많아서 수선화 같은 녀석이라고만 생각했는데 이렇게까지 말을 잘하는 애였다니. 아무래도 수학을 잘해서 말도 논리적으로 하는 것 같았다. 하준의 말에 김세주가 발끈했다.

"누가 노력을 안 해? 국어사전에 '노력' 치면 그 옆에 내 얼굴 뜨는데?"

김세주는 한껏 비아냥거리며 하준을 공격했고, 조현승은 나랑 얘기 중인데 왜 쟤랑 싸우는 거냐며 짜증을 냈다. 나는 팔짱을 낀 채 그 모습을 흥미롭게 관전했다. 김세주가 조현승에게 넌 좀 꺼지라고 까칠하게 쏘아붙이자, 조현승은 그제야 씩씩거리며 제자리로 돌아갔다.

조현승은 문을 팍 열고 밖으로 나가고 싶어 하는 것 같았지만 하필 그때 이상한 백이상이 교실로 들어왔다. 5교시 국어 시간이었다.

"자, 오늘은 내가 제일 좋아하는 시를 나가볼까. 프린트물 앞에서부터 돌리자."

"아, 쌤. 또 이상이에요? 이건 시험에도 안 나오잖아요."

담임은 푸념을 늘어놓는 아이들을 보며 새침하게 말했다.

"오늘은 이상 아니야. 그리고 공부라는 게 꼭 시험 때문에 하는 건 아니지. 평가에만 신경 쓰면 너희들 아무것도 못 배운다? 과정에서 즐거움을 찾아야지."

"야야, 진짜 오늘은 이상 아닌데?"

프린트물을 먼저 받은 앞자리 애들이 놀란 듯 수군거렸다. 맨 뒤에 앉은 나에게까지 프린트물이 넘어왔다. 기형도의 「질투는 나의 힘」이었다. 처음 보는 시였지만, 제목을 보자마자 어퍼컷으로 심장을 한 대 꽝 맞은 것 같았다. 그 충격으로 몸은 교실에 앉아 있지만 머리는 체육관으로 향했다.

"졸지 말고 필기 잘해라. 프린트물도 국어책 검사할 때, 다 수행평가 점수로 들어가는 거 알지? 너희들 좋아하는 '점수'에 환산되는 거니까 집중 좀 하자. 같이 읽어봅시다. 아주 오랜 세월이 흐른 뒤에……."

아침마다 후들거리는 다리를 부여잡고 스쿼트를 하고, 조금이라도 더 빨리 체육관 벽을 찍고 돌아서 달릴 때 내 옆에는 항상 김세주가 있었다.

"지칠 줄 모르고 공중에서 머뭇거렸구나. 나 가진 것……."

춘계 대회에 나가기 전 아빠가 김세주를 질투하느냐고 물었을 때, 절대 아니라고, 질투도 급이 맞아야 하는 거라며 발끈했지만, 사실 그건 질투였다. 나채민에게는 아무렇지 않았던 감정이 이렇게 사인곡선을 그리듯 요동치는 건 내가 인정한 첫 라이벌이 김세주이기 때문이었다.

김세주가 내 인생에 나타난 이후 나는 조연으로 밀려난 기분이었다. 리시브 대결에서 져서 벤치까지 확정되면 엑스트라로 추락할 것 같았다. 김세주를 이길 수 있을까. 나는 다시 내 인생을 되찾을 수 있을까.

춘계 대회에서 성희 선배가 새로운 루키 아니냐며 김세주에 대해 묻고, 감독님이 리시브 대결로 우리 중 하나를 코트에서 빼겠다고 말했을 때 세터를 빼면 경기가 어렵다고 한 예준 선배의 말이 다시금 떠올랐다. 세주가 유일한 세터여서 그런 게 아니었다. '잘하는 세터'니까 그런 것이었다. 나는 고개를 돌려 10시 방향에 앉은 김세주의 뒤통수를 쳐다보았다. 김세주는 내 쪽은 신경도 쓰지 않은 채 삼색 펜으로 색을 바꿔가며 필기에 몰두하고 있었다.

정오를 지나 길게 들어오는 햇빛이 창가 쪽으로 스며들면서 물결치듯 구불구불한 곱슬머리 위로 광이 났다. 꼭 후광처럼.

세상의 모든 빛이 김세주를 향하고 있는 것만 같았다. 나에게도 저렇게 빛나는 시간이 있었는데.

김세주가 빛날수록 나는 더 깊은 블랙홀에 빠져 허우적거리는 것 같다. 찌질한 자격지심이란 걸 아는데 자꾸만 풍선처럼 부풀어 올라 도무지 감춰지지 않았다. 나는 손에 쥔 펜에 꾹꾹 힘을 주어 종이에 새겼다.

김세주 완전 싫어. 전학 가고 싶어.

수업이 끝나자마자 김세주는 나를 의식한 듯 체육관으로 달렸지만 나는 쫓아가지 않았다. 책가방을 챙기고 학교 밖으로 향하는 걸음이 달거나처럼 느렸다. 내 전성기는 작년 여름으로 진즉에 끝났는데 나 혼자만 그걸 인정하지 못해서 아등바등 매달리는 꼴이 너무 추한 것 같다는 생각이 들었다. 걸음에 힘이 실리지 않았다.

"구나인, 그거 신고 집에 갈 거야?"

누군가 나를 부르는 소리에 돌아보니, 하준의 손에 내 운동화가 들려 있었다. 눈을 내려 확인해 보니 나는 슬리퍼를 신고 정문을 통과하고 있었다. 귀찮아서 슬리퍼를 신고 등하교하는 애들도 많으니 큰 상관은 없었지만, 나는 학교 건물 밖에서는 꼭 운동화로 갈아 신었다. 수술 이후 조금이라도 발목에 위험

할 수 있는 건 철저하게 피했기 때문이다.

하준은 내가 평소와 다르게 슬리퍼를 신고 나오니 신경 쓰여서 신발을 가지고 나온 것 같았다. 나는 하준의 손에 들린 운동화를 물끄러미 보며 담담하게 말했다.

"그거 땀 냄새 날 텐데."

하준은 그 생각은 못 했다는 듯 황급히 달려와 내 앞에 운동화를 가지런히 놓았다. 나는 피식 웃으면서 슬리퍼에서 운동화로 갈아신었다. 대충 구겨 신으려고 하자, 하준이 제대로 신으라고 잔소리를 했다. 나는 하준을 빤히 쳐다보았다. 그러자 하준이 볼이 발그스름해진 채 조그맣게 덧붙였다.

"운동화 구겨 신으면 위험하잖아. 넘어질 수도 있고. 배구선수는 발이 중요한데."

나는 말 잘 듣는 착한 아이처럼 뒤꿈치까지 제대로 넣어 운동화를 신고 슬리퍼를 가방에 넣었다. 하준은 그제야 마음이 놓인 듯 작게 미소 지은 후 앞서 걸었다. 나는 뒤에서 잠시 망설이다 하준을 불렀다.

"아이스크림 먹을래? 내가 살게."

"아이스크림?"

"필기도 보여주고, 공부도 봐주잖아. 운동화도 고맙고."

"비싼 거 먹어도 돼?"

"그래."

비싼 거라고 해서 프랜차이즈점에라도 가는 줄 알았더니 하준은 편의점으로 향했다. 냉동고를 열자마자 초코맛 구구콘 두 개를 집었다.

"가격 때문에 살까 말까 고민할 때가 많은데, 그래도 이게 젤 맛있는 것 같아."

"근데 왜 두 개야?"

"너 이거 좋아하잖아."

"네가 그걸 어떻게 알아?"

하준은 아무 말 없이 나를 빤히 쳐다보았다. 그러자 문득 기시감이 들었다. 이런 구도 어디서 본 적 있는데……. 나는 손을 뻗어 녀석의 코와 입을 가려보았다. 불현듯 입학식 날 아침에 보았던 느림보가 떠올랐다.

"헉! 목도리?"

"그거 내가 되게 좋아하는 건데, 설마 버린 건 아니지?"

그제야 깨달았다. 첫날 교실에서 하준이 나를 뚫어지게 쳐다보던 이유.

"야, 진즉에 말하지. 난 그게 너인 줄도 몰랐는데. 왜 바로 말 안 했어?"

"말하려고 했는데 네가 기분이 안 좋아 보여서."

내가 세주한테 날카롭게 쏘아붙이는 걸 보고, 내 쪽으로 오려다 다시 슬그머니 앉던 하준의 모습이 떠올랐다. 나는 멋쩍어서 뒷머리를 긁으며 계산하고 밖으로 나왔다. 우리는 나란히 구구콘을 먹으며 집으로 걸었다.

"오늘도 기분이 별로야?"

"응. 요즘 계속 그래."

"배구 때문에?"

"공부 때문은 아니지. 네가 열심히 가르쳐주고 있는데."

나는 농담처럼 가볍게 넘기려고 했다. 그러나 하준이 나를 보는 표정은 진지했다. 하준은 궁금한 게 있다면서 물었다.

"넌 언제부터 배구를 시작한 거야?"

"아주 아주 어렸을 때부터."

"부모님이 시켜서?"

"부모님한테 졸라서."

내 말에 놀란 듯 하준의 눈이 커졌다. 하준은 어떻게 어렸을 때 배구선수로 꿈을 정했느냐고 연이어 물었다. 자신은 아직 꿈이 없어서 그런 내가 신기하다면서.

"음, 삼선 슬리퍼의 미스터리 같달까. 문방구에서 산 거라 다 똑같은데도 며칠 뒤부턴 신자마자 내 거 아니면 귀신같이 알아채잖아. 쿠션감, 온도, 습도에서 느낌이 오니까. 처음 배구장에 갔다 온 날 엄마가 기념으로 사준 배구공을 잡았을 때가 딱 그랬어. 아, 이건 내 거다."

나는 그날 이후로 내 꿈을 의심해 본 적이 없었다.

"멋지다. 나도 너처럼 단단했으면 좋겠어."

하준은 구구콘을 먹으며 나를 빤히 보고 있었다. 누군가에게 이런 눈빛을 받아본 게 너무 오랜만이어서 발가락 사이가 간지러웠다. 나는 웃을 때 콧구멍이 커지지 않게 주의하며, 안 해도 될 말을 덧붙였다.

"뭐래, 나 요즘 완전 구리다니까. 내가 제일 싫어하는 달거나가 돼 버렸거든."

달팽이, 거북이, 나무늘보처럼 코트에만 서면 몸이 굳어서 제대로 공격도 수비도 하지 못하는 걸 하준에게 미주알고주알 말했다. 공이 오는 방향이며, 어디로 꽂아야 득점할 수 있는지 모든 게 다 보이는데도 몸이 따라주지 않으니 미칠 것 같았다. 꼭 알고 있는 문제를 틀리는 기분이었다.

"나도 그럴 때 많은데. 근데 넌 느린 게 싫어? 왜?"

"느림보를 누가 좋아해? 완전 민폐지."

"근데 느리고 싶어서 느린 것도 아니잖아. 달거나도 다 사정이 있는 건데."

나는 구구콘의 과자 부분을 씹으며 하준을 보았다. 내 얘기를 하는 것 같지만 하준의 표정을 보면 꼭 그런 것 같지도 않았다. 우리는 이런저런 쓸데없는 이야기를 나누며 걸었다. 얘기가 잘 통해서 걷다 보니 어느새 엘리베이터 앞이었다.

데려다줘서 고맙다고 하려는데, 하준이 17층 버튼을 눌렀다. 얘가 어떻게 우리 집을 알지? 나는 뜨악한 표정으로 하준을 보았으나, 하준은 그런 내 표정에 오히려 놀란 것 같았다.

"너 놀랐어? 나 옆집 사는데. 김세주가 말 안 했어?"

땡 소리와 함께 엘리베이터 문이 열렸다. 17층이었다. 하준이 먼저 내리면서 말했다.

"우리 쌍둥이잖아."

거리 두기 실패

"구나인! 너 전학 언제 가냐?"

조현승이 아침부터 시비를 걸어댔다. 사물함을 정리하던 나는 어디서 개가 짖냐는 표정을 지으며 무시했다. 조현승은 관심이 필요한 듯 목소리를 키웠다.

"구나인 전학 가면 김하준은 낙동강 오리알 되겠네? 하긴 같은 학년끼리 멘토 멘티가 뭐냐. 쪽팔리게 그걸 하겠다는 애나 받겠다는 애나. 설마 너 김하준 때문에 전학 가려는 거야?"

조현승의 공격 포인트는 내가 아니라 하준이었나? 나는 하준이 김세주와 쌍둥이란 걸 알게 된 이후, 문제 푸는 건 혼자 하겠다며 하준과 거리를 두고 있었다.

나는 일부러 기분이 나쁘다는 걸 표현하려고 사물함 문을 세게 닫고 뒤돌아섰다. 조현승은 내게 바짝 다가와 있었고, 김세주와 하준을 비롯해 일찍 학교에 온 애들 대부분이 나를 보고 있었다. 나는 트러블 메이커 조현승을 향해 일침을 가했다.

"성실하고 욕심 있는 건 알았는데 과대망상까지 심한 애인 줄은 몰랐네. 역시 사람은 겉만 보고는 모른다니까. 반장 선거 때 너 안 뽑길 잘했다."

"야, 너 나 안 뽑았어? 우 씨."

예상대로 1차원적인 반응이었다. 이런 애와 길게 말을 섞는 것도 마땅치 않았다. 나는 내 자리로 와서 보란 듯이 헤드셋을 꼈다. 반 애들 몇몇이 조현승에게 구나인이 전학 간다는 건 무슨 소리냐고 물었다.

"프린트물에 김세주 욕 잔뜩 적어 놓고 짜증 나서 전학 가야겠다고 적혀 있던데?"

며칠 전 국어 필기 검사 때문에 교과서랑 프린트물을 걷어 갔었다. 그걸 본 건가. 하지만 조현승이 말한 낙서는 거짓말이었다. 김세주가 싫다고 적은 것도 맞고, 전학 얘기가 뒤에 나오는 것도 맞지만 그렇게 심하게 표현하지는 않았다. 나는 헤드셋을 벗어버리고 조현승에게 네가 뭔데 남의 프린트물을 보냐고 따졌다.

"멘토 멘티랍시고 자기 생각 적는 부분도 김하준 거 베꼈나 싶어서 좀 봤다, 왜?"

　욕망은 뾰족하고 생각은 납작한 녀석이 우리 반 반장이라니, 나는 진짜 실망이란 표정으로 조현승을 보았다.

　"김하준이 멘토링 하는 게 그렇게 부러우면 네가 전학 가면 되겠네. 김하준이 없는 곳에선 네가 1등 할 수 있을지도 모르잖아?"

　조현승은 말 다 했냐며 발끈했지만 나는 태연하게 다시 헤드셋을 쓰고 문제지를 펼쳤다.

　속이 좋지 않아 점심도 거르고 책상에 엎드려 있는데 김세주가 잠깐 이야기 좀 하자며 나를 불렀다. 나는 책상에서 머리를 떼지 않은 채 김세주에게 가라고 했다. 하지만 김세주는 아랑곳하지 않고 내 앞자리에 앉아서 기어이 말을 꺼냈다.

　"너 진짜 전학 가? 구 감독님이 그렇게 하래?"

　"신경 꺼."

　"어디로 가려고? 설마 정예고에서 오래? 시험 끝나고 리시브 대결은 어쩌고? 설마 그것 때문에 전학 가겠다는 거야?"

　참 말도 많네. 나는 책상에서 머리를 떼고 허리를 세운 뒤 김세주를 빤히 보았다.

　"다들 내가 전학가는 게 확정된 것처럼 구네. 넌 내가 전학

갔으면 좋겠어? 그래서 묻는 거야?"

"그런 소리가 아니잖아."

"그럼 뭔데? 나랑 뛰는 거 껄끄러우면서 전학 얘기엔 발끈 한다니 되게 모순인 거 알지? 착한 척 적당히 하고 제발 좀 꺼 져주라."

다시 책상에 누우려는데 김세주는 비키지 않고 앞에 서서 말을 계속했다.

"너 전학 가면 진짜 죽을 때까지 미워할 거야."

"지금 그걸 협박이라고 하는 거야? 야, 나도 너 못지않게 네 가 싫어."

"난 너 안 싫은데? 엄청 좋아하다가 갑자기 싫어하는 게 얼 마나 힘든지 네가 알아!"

이건 또 무슨 귀신 씻나락 까먹는 소리지? 나는 잠이 확 달 아난 얼굴로 김세주를 빤히 바라보았다. 김세주는 지난가을부 터 롤모델인 구나인이 석탑고로 온단 소리를 듣고, 드디어 한 팀으로 뛸 수 있단 생각에 설레었다고 고백했다. 그래서 더 독 을 품고 연습했다고.

"내 꿈은 너였어. 너랑 호흡 맞춰서 코트를 찢어버리는 게 내 꿈이었다고."

애는 그런 낯간지러운 말을 왜 아무렇지 않게 내 앞에서 하지? 그것도 잔뜩 성난 표정으로.

"근데 전학 가겠다고? 대체 왜!"

예상치 못한 고백 폭격까지 맞았는데, 이제 와 전학은 오해라고 할 수도 없었다. 나는 미간을 찌푸리고 아랫입술을 깨물었다. 김세주는 그런 내 표정을 오해한 듯 더 화를 내기 시작했다.

"그 표정은 뭐냐. 이제 나랑 말도 하기 싫어? 넌 미꾸라지로 찍혔는데 난 루키니 뭐니 너보다 더 주목받으니까 미치겠어? 용납이 안 돼?"

전염되는 건 하품만이 아니었다. 물리적 거리가 가까우면 가까울수록 분노는 더 빠르고 확실하게 전염된다. 이 상황에 답답해서 화를 내야 하는 건 김세주가 아니라 나였다.

배구가 개인 종목도 아니고 좁은 엘리트 스포츠 판에서 갑자기 팀을 바꾸겠다며 전학을 간다? FA 시장에 나온 프로도 아니고 아마추어가 춘계 대회에서 삽질까지 했는데 누가 받아 줄까. 어찌어찌 전학 간다고 해도 나중에 프로에서 얘랑 같은 팀으로 또 만날지도 모르는데, 잠깐 마음 편해지자고 긁어 부스럼을 만든다고? 김세주 이 자식은 바보인가? 전략가여야 할 세터가 이렇게 똥멍청이라니 새삼 화가 났다. 나는 사방으로 불을 뿜는 고질라처럼 쿵쾅거렸다.

"그래, 난 질투의 화신이라 이딴 상황이 용납이 안 돼서 미치겠다 왜. 요즘 주목받으니까 우쭐하지? 네 세상 된 것 같지? 누군 그거 안 겪어봤어? 야, 그거 잠깐이야. 다시 내가 다 가져올 거라고!"

나는 가방을 들고 교실을 나와 버렸다. 그러고는 생리통이 심하다는 핑계로 조퇴한 후 바로 집으로 향했다.

이불을 머리까지 뒤집어쓰고 침대에 누웠다. 마침 아빠가 일찍 퇴근한 건지 집으로 왔다. 아빠는 방문을 열자마자 폭풍 잔소리를 시작했다.

"세주랑 싸웠다며? 구나인, 네가 애야? 입학한 지 얼마나 됐다고 벌써 팀원이랑 싸우면 어떡해."

"어, 나 애야. 철없고, 느리고, 배구머리도 없는 구제불능이야. 근데 나 아빠 애야. 다른 집 애 아니고 아빠 딸이라고."

"나인아."

"이럴 땐 그냥 아무 소리 말고 '내 딸이 최고다' 해줬으면 좋겠다고!"

아빠가 밖에선 구 감독님이든 말든 집에서만큼은, 나한테만큼은 그냥 아빠이기를 바랐다. 잘할 때는 아빠가 감독이든 코치든 상관없었지만, 찌글찌글하고 못났을 땐 괜찮다고 안아주는 아빠가 필요했다.

아빠는 초등학교 시절부터 해온 개인 훈련 때마다 나를 자극하기 위해 다른 애들이 얼마나 열심히 하고 또 잘하는지 일부러 말했다. 그걸 나도 모르지 않았다. 나 역시 그 말을 듣고 다른 애들보다 앞서기 위해 더 이를 악물고 노력했으니까. 하지만 발목 부상을 당한 뒤로는 아빠의 그 말이 세상에서 제일 듣기 싫어졌다.

작년 국제 대회에서의 사고 이후, 나는 어쩌면 다시는 네모 안에서 공을 잡지 못할 수도 있겠단 생각이 들었다. 도깨비바늘처럼 들러붙은 생각은 쉬는 동안에도 내내 나를 따라다녔다. 내가 침대에 갇혀 꼼짝도 못 하는 사이, 다른 애들은 얼마나 열심히 하고 있을까. 걱정을 먹고 자란 불안은 점점 커졌다. 어떻게든 부정적인 생각을 떨쳐내려고 예정보다 빠르게 개인 훈련을 시작했다. 아빠 없이 나 혼자서.

아빠와 훈련을 시작하면 분명 또 빠르게 치고 오르는 다른 애들 이야기를 꺼낼 텐데, 몸도 마음도 약해진 상황에서 그런 이야기를 들으면 예전처럼 태연하게 받아들일 자신이 없었기 때문이다. 스포츠는 멘탈 싸움이라고들 하는데 내가 이렇게 나약해진 걸 알면 모두가 실망할 거란 생각에 사로잡혔다. 그래서 감췄다. 학교에도, 그리고 가족에게도.

그런데 조금 전, 나는 감추기만 했던 감정을 터뜨렸다. 아빠가 눈치챘을까. 내가 얼마나 약하고 못난 딸인지. 알아주길 바라면서도 한편으로는 아빠가 끝까지 몰랐으면 좋겠다는 마음이 팽팽하게 맞섰다. 잠시 후 아빠는 걱정스러운 표정으로 말했다.

"하유, 윤 감독 입에서 벤치 얘기까지 나오게 만들면 어쩌자는 거야. 그것도 하필 세터랑 문제를 일으키면⋯⋯."

아빠는 오늘 점심에 있었던 일을 말하는 게 아니었다. 춘계대회 때 사건을 이제야 들은 것 같았다. 그러고 보니 오늘뿐 아니라 김세주와 나는 몇 번인지 셀 수도 없을 만큼 계속 부딪쳤다. 이게 다 아빠 때문이라고 핑계를 대고 싶었지만 그건 너무 새빨간 거짓말이어서 양심에 걸렸다. 그냥 다 내가 못나서였다. 느림보가 된 이후엔 되는 일이 하나도 없었고 모두와 싸우고 있었다. 세상이 모두 날 미워하는 것 같았다.

"이럴 땐 내 편 들어야지. 걔가 아니라 나를! 아빠 딸은 김세주가 아니라 난데!"

나는 아빠와 대화하기 싫다는 걸 확실히 하려고 발을 쿵쾅거리며 화장실로 들어가 문을 잠갔다. 곧이어 아빠가 그런 게아니라고, 얘기 좀 하자고 화장실 문을 두드렸다. 하지만 나는 세면대 물을 틀고 못 들은 척했다. 아빠가 갈 때까지 화장실 안에서 가만히 숨죽여 울었다.

 중간고사가 끝난 다음 날인 토요일 아침, 나는 시간에 맞춰 학교 체육관으로 향했다. 체육관에는 김세주가 먼저 도착해 몸을 풀고 있었다. 우리는 말없이 멀찌감치 떨어진 채 몸을 풀었다. 곧이어 선배들이 하나둘씩 도착했다. 선배들의 표정에서 감정이 읽히지 않았다. 우리 둘 중 누구를 응원하는지 도통 알 수가 없었다.

 오전 9시가 되자 저승사자처럼 위아래로 검은 운동복을 입은 감독님이 들어왔다.

 "민서는 증거 영상으로 남기게 녹화 준비하고, 예준이는 내 옆으로 와서 볼 올리고, 나머지는 볼 리트리버랑 마퍼. 다들 제자리로."

 하린 선배와 소라 선배가 강스파이크 훈련용 연단을 가져와 네트 너머에 고정했다. 감독님이 연단 위로 올라가서 어깨를 돌리며 몸을 풀었다. 그동안 나와 김세주는 좌우 양 끝에 자리를 잡았다. 한 번씩 번갈아 받는 방식이었지만, 각자 리시브를 받지 못한 공이 다섯 개가 넘어가면 실격이었다. 지쳐 쓰려져 5초 안에 일어나지 못해도 실격. 이 룰에서 가장 무서운 건 시간제한이 없다는 것이었다. 고로 무조건 패자는 나오게 되어 있었다.

"자, 시작한다. 먼저 구나인."

국가대표 아웃사이드 히터 출신답게 감독님은 매섭게 강스파이크를 꽂았다. 공이 나를 향해 곧장 날아왔지만 문제는 속도였다. 분명 받았다고 생각했는데 간발의 차로 공이 내 옆을 지나 바닥으로 탕 떨어졌다. 소라 선배가 화이트보드에 내 이름 옆에 하나 일(一)을 그었다. 줄 다섯 개가 모여 정(正)이 되면 끝이었다. 뒤이어 김세주는 몸을 날려 옆으로 날아간 공을 받아냈다. 그 후로도 100개가 넘어갈 때까지 단 한 개의 공도 놓치지 않았다. 그리고 나 역시 더 이상의 삽질은 없었다.

스파이크가 연속으로 100개가 넘어가자 감독님의 팔에 문제가 생기기 시작했다. 감독님은 통증을 참는 듯 미간을 찌푸렸다. 하린 선배가 로커룸의 냉장고에서 얼음팩을 가져왔다. 하지만 감독님은 단호하게 선을 그었다.

"아니, 그건 반칙이지. 이 룰엔 내가 지치지 않는 것도 포함되는데."

감독님은 이를 악물고 스파이크를 날렸고 우리의 대결은 계속되었다. 옆에서 김세주의 숨소리가 거칠어졌다. 나 역시 가슴이 크게 오르내렸다.

그때였다. 요란한 소음과 함께 삼각대가 쓰러졌다. 표정을 보니 시온 선배가 볼을 줍는 척하면서 삼각대를 건드린 것이었다. 민서 선배는 세팅을 다시 하려면 시간이 필요하다고 말했다. 감독님의 허락에 잠깐의 휴식이 주어졌다.

하린 선배는 물 좀 마시라며 우리를 테이블로 끌었지만 나는 고개를 가로저었다. 화장실이라도 가고 싶어지면 그게 더 문제였다. 김세주는 입에 물을 머금었다가 자신의 텀블러에 다시 뱉었다. 저런 방법이 있었다니. 나도 하고 싶었지만 따라 하는 것처럼 보일까 봐 참았다.

삼각대가 바로 세워지고 다시 감독님이 연단 위로 올라갔다. 각각 리시브한 공이 300개에 이르렀을 때쯤이었다. 김세주가 연달아 공 세 개를 놓쳤다. 김세주의 헤어밴드가 축축하게 젖어 있었다. 흘린 땀이 너무 많아 중간중간 시온 선배가 바닥을 닦겠다며 중단했지만, 티나게 천천히 닦는 게 걸려서 더는 잠깐의 휴식도 허용되지 않았다. 집중력이 흐려지면서 나 역시 공을 놓쳤다.

둘 중 하나가 더는 못하겠다고 하면 끝나는 건데, 김세주도 나도 그럴 생각이 없었다. 우리는 서로를 쳐다본 뒤 다시 제자리로 향했다. 리시브는 계속 이어졌다. 나는 정확하게 자세를 잡는 것도 힘들어서 겨우 주먹 끝으로 공을 올렸다. 이번엔 김세주 차례인데 공을 받으려고 달려가다가 다리에 힘이 풀린 듯 그 자리에 털썩 주저앉았다. 정적 속에 숨소리만 들렸다. 시간이 흐르고 있었다.

일어나. 김세주, 빨리 일어나라고!

나는 너무 힘들어서 목소리가 나오지 않았다. 일어나라고 김세주를 쏘아보는 사이에도 시간은 계속 흘렀다. 누구도 소리 내지 않는 침묵 속에서 잠시 후 흐느끼는 소리가 들렸다. 김세주가 바닥에 손바닥을 대고 고개를 푹 숙인 채 울었다.

김세주는 땀이 많아서 이런 대결에서 체력이 금방 소진될 수밖에 없었다. 헤어밴드니 로션이니 하는 것들은 임시방편일 뿐이었다. 나는 후들거리는 다리로 김세주에게 다가갔다. 김세주의 등이 떨리고 있었다. 나는 아랫입술을 깨물고 손바닥을 가만히 김세주 등에 올렸다. 미운데, 미워 죽겠는데 눈물이 고장 난 수도꼭지처럼 터져 볼을 타고 하염없이 흘렀다.

"코트 정리하고 5분 뒤에 모인다."

감독님의 목소리 끝이 조금 떨렸다. 감독님이 체육관 밖으로 나가자마자 김세주의 울음소리가 커졌다. 나 역시 고개를 들지 못했다. 그간 서로를 향해 날카롭게 긁었던 말이 고스란히 부메랑처럼 돌아와 가슴에 박혔다. 그러면서 곪았던 상처가 한꺼번에 터져 나왔다.

민서 선배가 가장 먼저 다가와서 우리를 안아주었다.

"울지 마. 아니다. 괜찮아, 맘껏 울어!"

"아우, 미련 곰탱이들. 그러니까 일을 왜 이렇게 키우냐!"

소라 선배가 호통을 치자 눈물이 쏙 들어갔다. 하린 선배는 애들 그만 놀리라면서 팔꿈치로 소라 선배의 옆구리를 푹 찔렀다. 예준 선배가 말했다.

"좋은 소식. 종별에 벤치 확정 멤버는 없어."

나와 김세주는 잘못 들은 건가 싶어서 눈물과 콧물이 범벅이 된 채 고개를 들고 선배들을 보았다. 우리는 어안이 벙벙했지만 내심 기뻤다. 서로를 껴안으며 활짝 웃으려는데 시온 선배가 아직 웃을 때가 아니라며 고개를 작게 가로저었다. 예준 선배가 바로 말을 이었다.

"나쁜 소식은 우리 학교가 종별 선수권 대회 참가를 포기했다는 거."

알고 보니 중간고사 전에 이미 다 끝난 얘기였다. 감독님은 예산 문제로 학교 행정실과 계속 실랑이를 벌이다가 부족한 예산으로 대회 네 번을 빠듯하게 나가서 내 새끼들 고생시키느니, 대회 참여를 세 번으로 줄이고 더 좋은 숙소에서 맛있는 거 먹이겠다고 결정을 바꾼 것이다. 세주와 나를 제외하고 미리 연락을 받은 선배들은 진즉부터 알고 있었다.

"그럼 오늘 우린…… 이거 왜 한 거예요?"

김세주가 억울한 표정으로 물었고, 예준 선배는 팔짱을 낀 채 당연하다는 듯 말했다.

"시험 때도 체육관에 매일 나와서 훈련하는데 차마 취소됐다고 말할 수가 있어야 말이지."

이젠 감독님이고 선배들이고 죄다 미웠다. 선배들을 미워해 버리겠다고 무섭게 다짐하는데 옆에서 김세주도 나와 같은 표정이었다. 예준 선배가 민서 선배를 향해 저 표정도 카메라에 다 담았냐고 놀리듯이 물었고, 민서 선배는 지금 바로 찍겠다며 휴대폰을 꺼내 들었다.

감독님이 검은 봉지를 들고 체육관으로 돌아왔다. 우리는 그 앞에 반원 모양으로 섰다.

"팀보다 위대한 선수는 없다. 오늘 너희들이 그걸 깨달았을 거라고 믿는다. 주장, 이거 얼음팩 나눠줘."

감독님은 마트에 가서 얼음팩을 다 쓸어온 것 같았다. 선배들은 얼음팩을 들고 우리의 팔다리를 붙잡고 온몸을 문질렀다. 머리부터 발끝까지 소름이 쫙 끼쳤다. 벌칙 같았지만 시원해서 좋았다. 소라 선배는 이것들 우니까 더 못생겨졌다면서 우리의 얼굴에 얼음팩을 거칠게 문질렀다. 너무 차가워서 눈물이 쏙 들어갔다.

"시험 끝났으니까 다시 멘토링 해도 돼?"

월요일 3교시 쉬는 시간, 하준이 내 자리 쪽으로 왔다. 나는 어이가 없어서 하준을 보았다. 하준은 김세주와 나 사이에 무슨 일이 있었는지 전혀 모르는 눈치였다. 김세주는 몸살이 나서 1교시 끝나고부터 보건실에서 누워 있었지만 하준은 전혀 김세주를 걱정하는 표정이 아니었다. 원래 이란성 쌍둥이는 이렇게 데면데면한가. 무슨 남매가 이러나 싶어서 피식 웃음이 나왔다.

"시험 끝나서 다시 팀 훈련 시작할 텐데."

"아, 그렇구나."

하준은 눈에 띄게 실망했다. 축 처진 수선화는 좀 안쓰러워 보였다. 그래서 솔직하게 이실직고했다.

"근데 그건 다음 주부터. 감독님이 특별히 한 주 더 쉬라고 하셨어."

"그래? 뭐부터 할까? 그동안 내가 생각해 봤는데 네가 함수를 특히 어려워하잖아. 그래서 중학교 기본 개념부터 다시 시작하면 어떨까 싶은데."

하준은 심심할 때 짜봤다며 주섬주섬 계획표를 꺼내 들었다. 수친자는 아무도 못 말렸다.

점심시간 급식실에서도 하준은 내 옆에 붙어 있었다. 담임은 탄두리 치킨을 두 손으로 뜯으면서 나에게 수학 개념을 설명하는 하준의 모습을 흐뭇한 표정으로 바라보았다. 그러고는 특식인 케이크를 나눠주고 갔다.

하준은 잘되었다면서 케이크를 정확하게 등분하기 위해 부피 계산법을 알려주려고 했다. 나는 불시에 가위바위보를 외쳤다. 놀란 하준은 허둥지둥 보자기를 냈고 나는 가위를 냈다. 나는 케이크를 한입에 다 먹어치워 버렸다. 마지막 생크림까지 싹싹 긁어먹으며 명언을 날렸다.

"케이크 문제에선 정확한 배분 따윈 중요치 않아. 중요한 건 가위바위보지."

하준은 억울한 표정을 풀지 않았다. 나는 그 모습을 보며 호탕하게 웃었다. 주변의 시선이 우리 쪽으로 모이는 게 느껴졌다. 특식을 더 챙기러 내려왔던 민서 선배가 우리 쪽으로 걸어와 귀엽다는 듯 내 머리를 쓰다듬었다.

"핑크빛이야? 우리 나인이 바쁘네."

"저기, 그런 게 아니라 세특 때문에 하는 멘토링인데요, 성적 관리해야 한다고 쌤이 시켰어요. 진짜예요."

"누가 뭐래. 잘해봐."

나는 억울하다고 항변했지만 민서 선배는 씨익 웃으며 급식실을 나갔다. 곧이어 감독님이 없는 배구부 단체 채팅방에 나와 하준의 사진이 올라왔다. 돼지처럼 케이크를 뺏어 먹고 즐거워하는 내 모습이 꼭 산적 두목 같았다. 다들 이거 뭐냐고 한마디씩 보태느라 채팅방이 난리가 났다. 안 되겠다. 하준과 다시 거리 두기를 해야지. 나는 식판을 들고 도망치듯 자리에서 일어났다.

수업이 끝나자마자 집에 가려고 1층으로 내려왔는데 갑자기 굵은 소나기가 쏟아졌다. 어떻게 해야 하나 고민하는 사이에 하준이 기사처럼 검을, 아니 장우산을 들고 나타났다.

"내 거 써. 배구선수는 몸이 중요하잖아."

"난 괜찮아. 네가 써."

서로 괜찮다며 네가 쓰라고 양보하는 중에 갑자기 뒤에서 나타난 김세주가 눈꼴시어 못 봐주겠다며 하준에게서 장우산을 냉큼 빼앗았다.

"이건 오늘의 환자가 쓰고 간다. 불만 없지?"

김세주가 무릎담요를 어깨에 두른 채 우산을 쓰고 집으로 달려갔다. 하준은 전에 본 적 없는 살벌한 표정으로 김세주의 뒤통수를 노려보며 구시렁거렸다.

"하여간에 저 욕망의 두꺼비, 방향도 같은데 같이 좀 쓰고 가지."

김세주는 어떤지 모르겠지만 하준은 확실히 김세주를 싫어하는 것 같았다. 하준은 그제야 내가 옆에 있다는 걸 의식했는지 민망해하며 뒷머리를 쓸어내렸다. 나는 어색하게 웃으며 말했다.

"나도 세주 싫어. 그니까 내 앞에선 욕해도 돼."

"진짜? 둘이 좀 그런 것 같긴 했는데, 너랑 세주가 안 친해서 정말 다행이다."

나는 표정을 숨기려고 코가 간지러운 척 자연스럽게 손을 올려 입을 가렸다. 하준의 눈빛이 이슬 맞은 수선화처럼 너무 반짝거려서 차마 그 앞에 대고 웃을 수 없었다. 체육관에서 창피하게 서로를 껴안고 울어버린 이후 김세주와의 긴장감이 사라졌다. 김세주와 더는 싸우지 않는다고 하준이한테 말하지 말아야지. 나는 아랫입술을 깨물고 가방을 벗어서 머리 위로 들었다.

"뛰자. 기다린다고 그칠 것 같지도 않은데."

내가 먼저 빗속으로 달렸고, 뒤이어 하준이 가방을 머리 위에 쓰고 따라 뛰었다. 집으로 곧장 달리려던 우리의 계획은 실패했다. 빗방울이 너무 굵어져서 정수리고 어깨고 다 아플 정도였다. 결국 공원 옆 편의점으로 들어가 비를 피했다.

"으으, 춥다. 컵라면 먹을래?"

"난 왕뚜껑."

우리는 라면 취향도 똑같았다. 컵라면에 참치마요 삼각김밥까지 데워서 먹으니 그제야 얼었던 몸이 좀 녹았다. 핫바까지 먹었는데도 비는 계속 내렸다. 꼭 하늘에 구멍이라도 뚫린 것처럼. 우산을 사야 할지 고민하는데, 하준이 진열된 투명 장우산을 하나 집었다.

"재미있는 거 보여줄까? 나 눈 감고도 우산 무게중심을 찾을 수 있다?"

나는 우산의 무게중심 따윈 관심 없고, 그걸 눈 감고 해도 딱히 재미있을 것 같지 않았지만, 하준의 눈이 너무 신나 있어서 마지못해 고개를 끄덕였다. 하준은 눈을 감은 채 한쪽 검지로 우산 아래를 받친 후 다른 쪽 검지를 끝에서 안쪽으로 조금씩 움직였다. 집중한 듯 입을 조금 벌린 채 검지를 가운데로 옮기는 모습이 그 어느 때보다 진지했다. 불안하게 기울어져 있던 장우산이 서서히 수평을 이루었다.

"오, 신기하다."

"너도 해 봐. 손을 여기에 올리고, 눈은 감고."

하준이 내 손을 잡아끌어 우산 아래에 받쳐주자 순간 전기가 통한 듯 몸이 찌르르 떨렸다. 나는 눈을 꼭 감은 채 검지에만 집중했다. 양쪽 검지가 번갈아 이동하더니 서서히 중심이 맞춰지는 게 느껴졌다.

　이제 된 것 같아서 슬그머니 눈을 떴더니 검지 두 개가 딱 맞닿아 있었다. 장우산의 무게중심은 가운데가 아니었다. 한쪽으로 치우쳐 있는데도 수평을 이루었다. 표면 마찰계수니 받침점 위치니 하준이 열심히 설명해 주었지만, 그딴 건 하나도 중요하지 않았다.

　나를 보는 하준의 눈동자 속에서 내가 활짝 웃고 있었다.

삐뚤빼뚤 데칼코마니

"3반에서 수학 전교 1등이 나왔다."

애들의 시선이 일제히 하준을 향했지만, 모두의 예상과 달리 주인공은 조현승이었다. 수학 선생님은 다음 기말에도 열심히 하라면서 조현승의 어깨를 두드려주었다.

조현승은 내신 종합 1등을 차지하더니 6월 모의고사에서도 전교 1등을 거머쥐었다. 수학 선생님이 전교 1등이 앞으로 나와서 칠판에 문제를 풀어보라고 시켜 그 사실을 모르는 애가 없었다.

우리 반 모의고사 수학 꼴찌는 나였다. 졸지 않고 열심히 풀었는데 점수가 내 나이와 똑같았다. 대회 나갈 때 필요한 내신 점수는 나쁘지 않아서 안도했다가 한 방 크게 맞은 것이다.

비가 내리는 수행평가지를 돌려주던 수학 선생님은 나를 안쓰럽게 보며 말했다.

"건강하게만 자라면 되지. 수학 그까짓 거 나중에 사기꾼한테 돈 몇 번 떼이고 나면 단숨에 좋아질 테니까."

공부 좀 하란 소리보다 그게 더 무서웠다. 그날부터 물에 젖은 종이처럼 하준에게 찰싹 붙어서 수학 문제를 이것저것 물어보았다. 하준은 수학의 재미를 전수해 줄 수 있다는 생각에 신이 난 얼굴이었다.

우리는 점심시간에 창고처럼 쓰는 빈 교실에 들어갔다. 하준이 칠판 가득 숫자를 일필휘지로 적었다. 함수의 관계성을 보여주려면 공책보다 큰 공간이 필요하다는 게 그 이유였지만, 그건 핑계 같았다.

내가 칠판에 열심히 답을 적어 내려가는 동안, 하준은 세 걸음 떨어진 곳에서 남는 공간에 휴대폰을 보며 엄청나게 복잡한 식을 적었다. 딱 봐도 어려워 보여서 그게 뭐냐고 물으니 세계적으로 유명한 수학 난제라고 했다.

"우와, 너 그런 것도 풀어?"

"당연히 못 풀지. 근데 고민해 보는 게 재밌어서."

사진으로 자신만의 공간을 꾸미는 SNS가 보통 애들의 놀이터라면, 하준의 놀이터는 칠판이었다. 네모난 칠판에 수식을 길게 적어가는 하준의 표정이 그 어느 때보다 즐거워 보였다. 하준은 실패를 두려워하지 않고 계속 도전했다.

그 모습에 나의 놀이터가 떠올랐다. 네모난 코트는 나 혼자만 쓰는 공간이 아니었다. 나를 포함해 여섯 명의 선수가 한 몸처럼 움직여야 공이 바닥에 떨어지지 않게 할 수 있었다. 춘계 대회가 끝나고 감독님이 했던 말이 오답 노트에 적은 것처럼 다시금 떠올랐다.

"저 새끼 정신 못 차리고 아직도 잘난 척이네? 수학 100등 안에도 못 들면서 누가 누굴 가르쳐."

익숙한 시비에 창문 쪽으로 고개를 돌려 보니, 조현승이 친구들과 함께 교실 안쪽을 들여다보며 비아냥거리고 있었다. 다른 애가 칠판에 적힌 게 수학 동아리 선생님이 알려준 수학 난제 아니냐며 놀란 표정을 지었다. 그러자 조현승이 들으란 듯이 크게 비꼬았다.

"김하준 저 새끼 천재병 걸린 거 아냐? 아, 알았다. 난제는 시간제한이 없으니까 집착하는 건가? 실력이 안 돼서 느리게 푸는 걸 감추려고 난제에 빠진 척 쇼하는 거지."

하준에게는 약점이 있었다. 옆에서 같이 공부하며 관찰하니 하준은 한 문제에 꽂히면 그 문제를 포기하거나 넘어가지 않고 계속 붙들고 고민했다. 그러다 보니 정해진 시간 안에 최대한 많은 문제를 풀어야 하는 모든 시험에서 점수가 기대만큼 높지 않았다.

하준은 아무 말도 하지 못한 채 죄인처럼 고개를 푹 숙이고 있었다. 나는 분필을 칠판 받침대에 탁 소리 나게 놓고, 교실 문을 거칠게 열어젖힌 후 조현승에게 걸어갔다. 기선제압을 위해 턱 끝을 살짝 들었다. 상대보다 한 뼘이나 더 큰 키를 이용하는 건 좀 치사한 방법이지만, 조현승이 먼저 치사하게 굴었으니까 뭐. 목을 학처럼 최대한 길게 빼고 조현승을 내려다보았다.

"풀든 못 풀든 김하준은 어려운 문제 붙잡고 도전이라도 하지, 그동안 넌 뭐 했냐? 실패할까 봐 두려워서 손도 못 대는 겁쟁이 주제에 잘난 척은."

"누가 겁쟁이야? 저런 건 우리 나이에 풀 수 없는 거라고. 느려 터진 거 감추려고 괜히 천재 코스프레하는 거라니까. 구나인, 넌 모르면 좀 빠져."

"모르긴 누가 몰라? 아우 씨. 야, 느려터진 게 뭐! 살다 보면 좀 느릴 수도 있지! 넌 뭐가 그렇게 잘났냐!"

성량 조절 실패로 내 목소리가 복도에 쩌렁쩌렁 울렸다. 지나가는 애들이 뭐냐고 술렁거리며 우리 쪽을 쳐다보았다. 그 무리 속에 김세주가 있었다. 아, 창피해. 나는 주먹을 꽉 쥔 채 몸을 돌려 계단을 빠르게 내려갔다.

　겉으론 멋있는 척했지만, 속에서는 지글지글 끓고 있었다.
다음 주에 친선경기까지 잡혔는데 코트에서 또 느리게 삽질하
면 어쩌지? 헬스장에서 개인 운동을 마치고 나와서도 집으로
가는 발걸음이 쉽게 떨어지지 않았다. 마음이 허했다. 나는 휴
대폰을 꺼내 들었다. 곧이어 반가운 목소리가 전화기 너머로
크게 들렸다. 스피커폰이라고 착각할 만큼 할머니는 전화할
때 유독 목소리가 컸다.
　"우리 예쁜 똥강아지! 밥은 먹었니?"
　"당연히 먹었지. 할머니, 나 주말에 잠깐 내려가면 안 돼? 할
머니 너무 보고 싶은데."
　"할머니도 우리 똥강아지 엄청 보고 싶지! 그래서 아빠랑은
화해했어?"
　"······."
　"할미가 둘이 화해하라고 우리 귀여운 손녀를 그 멀리까지
보냈는데 아직 그러고 있으면 어떡하니. 나인아, 할머니 안 보
고 싶어?"
　"보고 싶어! 많이 많이. 그러니까 주말에 버스 타고 내려가
겠다니까?"

"둘이 화해하고 아빠랑 손 꼭 붙잡고 내려와. 그 전엔 절대 안 돼."

아빠랑은 도저히 말이 통하지 않는다고 몇 번이나 말해도 할머니는 단호했다. 한번은 무작정 내려갔다가 대문도 넘지 못했었다. 할머니는 마음이 약해진 듯 목소리를 낮추고 말했다.

"할머니가 네 아빠랑 직방으로 화해하는 방법 알려줄까?"

"화해고 뭐고 아빠랑은 말도 하기 싫다니깐. ……근데 직방? 방법이 뭔데?"

"아직 덜 싸워서 그래. 자꾸 피하지 말고, 더 싸우면서 속에 눌러둔 걸 끝까지 다 말해야 해. 그래야 풀려. 할머니도 할아버지랑 옛날에 그렇게 해서 풀었어."

나는 그런 게 무슨 화해 방법이냐며 구시렁거렸지만 전화를 끊고 난 후에도 오랫동안 그 말이 귓가에 맴돌았다. 이제껏 내 속내를 다 말했다고 생각했다. 그러나 곰곰이 생각해 보면 꼭 그렇지만도 않았다. 내가 받은 상처를 되돌려주고 싶은 마음에 날 선 말로만 대응했지 진짜 내 마음이 어떤지는 꼭꼭 숨겨두었다. 나는 집에 들어가지 않고 거리를 걸으며 혼잣말처럼 구시렁거렸다.

"속에 눌러둔 걸 어떻게 끝까지 말해. 그럼 보나 마나 더 싸울 텐데. 아휴."

나는 손가락을 안쪽으로 넣어서 덜 마른 머리카락을 흐트러뜨린 뒤, 거리 가운데 벤치처럼 애용하는 지하철 환풍기 끄트머리에 걸터앉았다. 그러고는 단백질 음료를 마저 마시며 주위를 둘러보았다. 학원이 모여 있는 건물 앞이라 그런지 학원 가방을 든 애들이 건물에 나왔다 들어갔다 했다. 그 모습을 보니 문득 하준이 생각났다. 복도에서 급발진한 이후로 어색해져 멘토링은 잠정적으로 중단한 상태였다.

하준에게 메시지를 보내려고 휴대폰을 열었다가 이내 다시 닫았다. 특별히 용건도 없는데 이 시간에 따로 연락하는 건 좀 그런가 싶어 망설여졌다.

그때였다. 조금 떨어진 곳에서 어떤 아주머니가 소리를 빽 질렀다.

"김하준! 너 어디 가? 하준아!"

고개를 돌려 보니 신축 건물 입구에서 뛰어나온 하준이 이쪽으로 뛰어오고 있었다. 그 뒤에는 어떤 아주머니가 팸플릿을 들고 쫓아오고 있었고.

"김하준? 어, 너……."

나는 손가락으로 하준을 가리키며 무어라 말을 하려고 했다. 그때 나와 눈이 마주친 하준이 갑자기 내 손을 잡고 달리기 시작했다. 뭐냐고 물을 새도 없이 하준은 앞만 보고 달렸고, 나 역시 손이 붙잡힌 채 최선을 다해 달렸다. 뒤에서 쫓아오는 아주머니의 분노에 본능적으로 다리가 빠르게 움직였다. 우리는 주위의 모든 풍경을 뒤로 제치고 바람을 일으키며 앞으로 달렸다. 어쩌면 이대로 지구 끝까지 달릴 수도 있지 않을까 싶을 때쯤 하준의 속도가 점점 느려졌다.

우리는 세 블록 넘게 달려서 낯선 아파트 단지 놀이터에 들어선 후에야 멈췄다. 하준은 숨을 거칠게 내쉬며 그네에 털썩 앉았다. 나는 그 옆 그네에 앉으며 아까 갑자기 왜 뛴 거냐고 물었다.

"엄마가 날 미친 학원에 넣으려고 했거든."

상황은 이랬다. 하준의 성적이 말도 못 하게 떨어지자 집에서는 매일 엄마의 잔소리가 이어졌다고 했다. 하준은 고민하는 시간이 좀 긴데, 집중하다 보면 시험 시간이 얼마 안 남아서 뒷부분을 빠르게 풀려다가 실수한 거라고 이실직고했다. 시험 점수가 낮은 이유를 당사자의 입으로 직접 들었지만 조금 미심쩍은 부분이 있었다. 나는 하준에게 물었다.

"근데 넌 입학 수석이었잖아. 갑자기 고민하는 시간이 길어진 거야?"

"원래도 문제 푸는 게 딱히 빠르진 않았는데, 중학교 땐 문제가 쉬우니까 느린 게 티가 안 났던 거지. 그래서 엄마가 아까 그 스파르타 학원에 날 데려간 거야. 전교 1등이 초등학교 때부터 다니는 학원이라면서."

조현승이 다닌다는 그 학원은 비싼 만큼 확실하게 성적을 올리는 걸로 유명하다고 했다. 테스트를 한 후 엄마도 동석해서 상담하는데, 갑자기 부원장이 체벌 동의서를 내밀었다고 했다. 엄마가 다 알고 왔다는 듯 보호자 칸에 아무렇지 않게 서명하는 모습에 하준은 이건 아니다 싶어 도망친 거라고 했다. 그때 거리에서 나를 본 거고.

"체벌 동의서? 미쳤다. 뭐 그딴 게 다 있어. 야, 너 설마 집에서도……."

"우리 부모님은 자식한테 절대 손 안 대셔."

그런데 성적을 위해 학원에서는 때려달라고 부탁한다니. 상식적으로 이해가 가질 않았고 너무 이상했다.

"근데 거기 조현승이 다니는 데면 걘 동의서를 썼다는 소리잖아?"

"내가 석탑고라고 하니까 조현승이 그 학원에 처음 왔을 때 얼마나 산만하고 푸는 속도가 느렸는지 말하더라. 그걸 고친 게 다 학원 쌤들의 사랑의 매였다면서 웃는데, 소름 끼쳤어."

며칠 전, 넌 모르면 빠지라고 했던 조현승의 말이 떠오르자 입안이 씁쓸해졌다. 걔는 전교 1등을 차지하기까지 어떤 삶을 살아온 걸까. 돌덩이를 삼킨 것처럼 속이 불편했다. 스멀스멀 올라오는 죄책감을 조금이라도 덜어보려고 혹시 너한테 조현승이 그 학원을 추천한 거냐고 물었다. 그러자 하준은 고개를 가로저으며 말을 이었다.

"엄마가 보험설계사로 일하거든. 매일 수많은 사람들 만나면서 엄청나게 많은 교육 조언을 듣고 와."

멘토링도 수시로 자식을 의대에 보낸 아주머니의 조언을 듣고 엄마가 학교에 전화한 거라고 했다. 하준의 엄마는 기승전'의사'를 원했다. 요즘같이 어려운 시기에 의사는 정년도 없고 얼마나 편하게 사는지 아느냐며 하준의 꿈을 명문대 의대로 정해주었다.

"하도 '의사! 의사!' 노래를 불러서 내가 좀 찾아봤거든? 국경 없는 의사회에서 목숨 걸고 활동하는 의사도 있고, 응급실에서 며칠씩 잠도 못 자면서 사람들 살리려고 뛰어다니는 의사도 있던데, 대체 엄마는 어디서 뭘 듣고 와서 그런 말만 하는 걸까. 그럴 땐 진짜 엄마가 너무 부끄러워."

나는 하준의 이야기를 들으면서 내 생각을 했다. 아빠와는 여전히 냉랭한 상태였다. 작년 가을 아빠와 크게 싸우던 날, 나는 배구를 그만두라는 아빠의 말에 발끈해 아빠는 잘해서 배구했냐며 못된 소리로 받아쳤었다. 하지만 아빠가 부끄러운 적은 한 번도 없었다. 내가 아빠에게 느끼는 감정은 하준이 엄마에게 느끼는 것과는 조금 달랐다.

물론 감정은 달라도 부모의 결정에서 자유로울 수 없는 건 비슷했다. 우리가 할 수 있는 거라곤 빽 소리를 지르며 대거리를 하거나 이렇게 비겁하게 숨이 차도록 도망치는 것밖에 없었다.

"이제 어쩔 거야?"

"방법을 찾아야지."

나는 운동 가방에서 비상용 에너지바를 꺼내 하준에게 주었다. 내가 가진 것 중 제일 달달한 거였다.

하준이 찾은 방법은 나로선 상상도 하지 못한 것이었다. 하준은 학교를 나오지 않았다. 복도에서 세주가 담임에게 하는 말을 엿들으니, 방에 틀어박혀 엄마와 힘겨루기 중이라고 했다. 팀 훈련이 빡세져 정신없이 시간이 흐르는 동안에도 하준은 계속 등교를 거부했다.

야간 훈련이 끝나고 집으로 돌아오는 길에 하준에게 전화를 해보았으나 전화기가 꺼져 있었다. 나중에라도 보겠지 싶어서 뭐 하냐고 메시지를 보냈다. 그런데 바로 읽음 표시가 사라졌다. 휴대폰은 엄마에게 빼앗겼지만 컴퓨터로 메신저는 가능하다고 했다.

- 집에서 혼자 안 심심해?
- 심심하진 않은데, 좀 답답해.
- 나올래?

모두가 깊이 잠든 밤, 하준은 몰래 아파트 뒤쪽 놀이터로 나왔다. 나는 컨디션 조절을 위해 늘 일찍 잠들어서 새벽 1시에 깨어 있는 건 오랜만이었다. 나란히 그네에 앉아 구구콘을 먹으며 밀린 이야기를 했다. 하준은 그간 자신이 좋아하는 것과 싫어하는 것에 대해 엄마를 붙잡고 설득도 해보고, 단식도 해보았지만, 그 어떤 것도 통하지 않았다고 했다. 그래서 어쩔 수 없이 최후의 수단으로 택한 게 등교 거부였다.

"살면서 하고 싶은 거만 하면서 살 순 없대. 그러니까 의사가 돼야 하고, 그러려면 수학을 잘해야 하는데, 이렇게 느리게 풀면 낙오된다는 거지. 엄마가 수학을 잘해야 의사 된다고 계속 잔소리하니까 요즘은 수학 문제도 보기가 싫어졌어."

우리는 구구콘의 달달함으로도 기분이 영 좋아지질 않았다. 내가 해줄 수 있는 게 없어서 좀 속상했다. 이렇게 맛있는 거 먹으며 하소연 들어주는 게 내가 할 수 있는 최선이라고 생각하니 힘이 빠진다고 하자, 하준이 씨익 웃으면서 말했다.

"그게 얼마나 어려운 건데. 내 얘기 들어주는 사람은 너밖에 없어."

"이게 뭐가 어렵다고."

그렇게 말하면서도 마음속으론 또 아빠가 떠올랐다. 친구끼리는 쉬운 일이 아빠와는 왜 이렇게 어려운 건지 모르겠다고 하준에게 푸념을 늘어놓았다. 그랬더니 자신은 아빠, 엄마, 김세주까지 온 가족이 다 고집불통이라며 고개를 내저었다. 우리는 동시에 한숨을 길게 쉬었다. 하준이 분위기를 바꾸려는 듯 목소리를 밝게 올리며 나를 보았다.

"그래도 넌 꿈도 있고, 심지어 잘하기까지 하니까 좋겠다. 부러워."

"너 진짜 김세주랑 말 안 하는구나? 나 코트에서 삽질한 지 꽤 됐는데."

나는 작년 U18 이후 추락하는 것에는 날개가 없다는 게 무슨 말인지 몸소 체험 중이라며 내 상태를 자조적으로 고백했다. 결정적인 순간에 느려서 팀에 도움도 안 된다고.

"근데 넌 갑자기 왜 느려진 거야? 너도 나처럼 생각이 너무 많아진 건가?"

불쑥 들어온 하준의 질문에 나는 대답하지 않았다. 그것만은 아무에게도 말하고 싶지 않았다. 내가 대답이 없자 하준은 머쓱한 표정으로 뒷머리를 긁었다.

"나도 느린 주제에 내가 할 말은 아니지. 근데 살다 보면 좀 느릴 수도 있지. 안 그래?"

며칠 전 내가 복도에서 바락바락 소리친 말을 하준이 차분하게 되돌려주었다. 나는 어이가 없어서 피식 웃었다. 하준도 멋쩍은 듯 웃었다. 아무렇게나 물감을 뿌린 종이를 반으로 접었다 뗀 것처럼 하준과 나는 삐뚤빼뚤 엉망으로 닮아 있었다. 찌글찌글한 모습도 혼자가 아니라 견딜 만했다.

구구콘을 다 먹을 때쯤 하준이 근데 내 목도리는 대체 언제 돌려줄 거냐고 물었다. 나는 진득하게 기다리는 법을 좀 배우라고 일침을 가한 뒤 너야말로 학교 안 올 거냐고 톡 쏘았다. 하준은 대답을 피했다. 안 가겠다고 하진 않는 걸 보니 고민 중인 걸까.

"넌 학교에 가기 싫었던 적 없어?"

"당연히 없지. 그럼 배구를 못하는데? 배구는 팀 스포츠잖아. 나 혼자 어떻게 경기 뛰겠어."

"아, 그렇겠다."

배구는 기승전'팀'이었고, 그걸 상기할 때마다 김세주의 얼굴이 떠올랐다. 긴장은 어느 정도 해소됐는데 어색함이 남아 있었다. 나는 마음의 무거운 짐을 떨쳐내려고 옷을 과장되게 털면서 일어났다. 그러고는 화단에 떨어져 있는 시들한 장미 한 송이를 주워 들었다.

"네가 내일 학교에 갈지 말지 꽃잎 점으로 정하자. 자, 시작한다. 학교에 간다……."

"그렇게 시작하면 '학교에 간다'로 결론이 나올 텐데?"

"진짜?"

"너 몰라? 피보나치수열이잖아."

하준은 꽃잎을 비롯해 동식물의 생장은 모두 피보나치수열과 관계있다면서 장황하게 설명했다. 반전이 끝내주는 영화를 보기 직전 결말을 스포당한 기분이 이럴까. 피보나치 뭐시기 때문에 앞으로 꽃잎 점도 못 보게 생겼다.

나는 툴툴대며 집으로 돌아와 세면대에서 분노의 빨래질을 했다. 하얀 목도리는 아무리 비벼도 얼룩이 빠지지 않았다. 징글징글했다.

명성고 배구부와 친선경기가 벌어졌다. 친선이라곤 하지만 몇 달 뒤 전국체전 지역 대표 참가 티켓을 놓고 결전을 벌여야 하는 상대인 만큼 미리 서로의 전력을 파악하려는 데 그 목적이 있었다.

나는 선발이 아니라 뒤로 빠져 있었다. 팀 훈련 때 계속 호흡이 어긋나자 감독님은 나를 빼고 그 자리에 민서 선배를 넣었다. 나는 간절하게 감독님 쪽을 보았지만 감독님의 눈은 오직 코트에 선 선수들을 향해 있었다.

세주는 춘계 대회 때보다 더 빠르게 코트 위를 날아다녔다. 내 눈은 오직 세주를 좇고 있었다. 더는 질투가 아니었다. 부러움이었고 동경이었다. 나는 이제 세주의 플레이를 겨울 선배를 보듯이 보고 있었다.

'나도 저렇게 빨라지고 싶다. 다시 예전으로 돌아가고 싶어.'

1세트 후반, 민서 선배가 목적타를 맞으며 멘탈이 흔들린 건지 범실이 쌓였다. 그러자 감독님이 나를 불렀다. 나는 코트로 들어가 자세를 잡았다.

간절한 만큼 긴장감이 높았지만 이를 악물고 뛰어서 블로킹과 오픈으로 점수를 따냈다. 자신감이 점점 차올랐다. 세터가 보내는 사인을 단 한 개도 놓치지 않은 덕분일까. 1세트를 2점 차로 이겼다. 2세트에는 처음부터 경기에 투입되었다. 그런데 3세트에 이르자 세주가 체력이 떨어지면서 사인을 보내지 않고 움직이기 시작했다. 나 역시 덩달아 허둥지둥 움직이며 범실로 이어졌다.

그때부터 모든 유니폼이 파랗게 보였다. 분명 네트를 사이에 두고 상대 팀은 파란 유니폼이고 우리 팀은 하얀 유니폼인데 모든 게 뒤섞여 버렸다. 경기장 밖에서는 코트가 너무 좁아서 내가 못 들어가는 것만 같았는데, 코트가 점점 넓어지더니 한순간 축구장만큼 광활하게 느껴졌다. 죽을 둥 살 둥 뛰어도 절대 공을 받아 올릴 수 없을 것만 같았다. 이 드넓은 사각 코트 안에서 나는 점처럼 너무도 작고 보잘것없다는 생각에 사로잡혔다.

점수 차가 점점 벌어지는 가운데, 명성고 에이스 미들 블로커가 네트 위로 높이 떴다. 전위에 있던 나는 공을 받기 위해 왼쪽으로 뛰었다. 순간 눈이 옆으로 돌아갔고 거기에 세주가 보였다. 세주는 자신 쪽으로 공이 오자 오직 공만 보면서 점프했다.

공이 움직이는 각도로 볼 때 내가 받아치는 게 맞았지만, 자칫 여기서 욕심을 부리다간 세주와 부딪칠 수 있었다. 그래서 마지막 걸음에서 속도를 줄였다. 하지만 세주는 아슬아슬하게 공을 받아치지 못했다. 그런데 헛손질을 하면서 균형을 잃은 세주의 몸이 사선으로 휘었다. 태국에서 공만 보고 달렸다가 겨울 선배와 부딪치기 직전의 순간이 오버랩되었다. 착지가 위험했다.

안 돼! 나는 세주를 붙잡기 위해 다급하게 손을 뻗었지만, 늦었다. 손은 닿지 않았고, 세주는 그대로 바닥에 미끄러졌다.

콰앙.

"김세주! 괜찮아?"

놀란 선수들이 달려왔고, 감독님도 미끄러진 세주를 살폈다. 반면, 나는 한 걸음 뒤에서 못 박힌 듯 움직이지 못했다. 온몸의 피가 손끝으로 빠져나가는 것 같았다. 누군가 내 이름을 부르는 소리에 놀라, 겁에 질린 고라니처럼 체육관 밖으로 달렸다. 그렇게 숨도 쉬지 못하고 도망쳤다.

아프지만 내 꿈이니까

"나인아, 잠깐 나와봐. 나 진짜 괜찮다니까."

세주는 멀리 가지도 못하고 화장실에 숨어 있는 나를 찾았다. 나는 변기 위에 쪼그리고 앉아 화장실 안에 없는 척했다. 하지만 세주는 옆 칸 변기 가장자리에 발을 디디고 올라가 나를 내려다보았다.

"아까는 내 땀에 미끄러진 거야. 시온 언니는 이참에 운동화 좀 바꾸라고 난리긴 한데, 이유가 뭐든 너 때문에 넘어진 게 아니라고."

"너 진짜 괜찮아? 병원 안 가도 돼?"

"병원은 당연히 가야지. 내가 볼 땐 인대가 좀 늘어난 것 같은데, 뭐 이따 가도 돼."

"그걸 지금 말이라고! 병원도 바로 안 가고 여기서 뭐 하는 거야?"

"네가 그러고 뛰쳐나가 버렸는데, 지금 병원이 문제냐?"

나는 고개를 천천히 들어 세주를 보았다. 땀으로 흠뻑 젖은 머리카락이 가닥가닥 갈라진 모습을 보자 다시 울음이 터지려고 했다. 눈물이 허락도 없이 자꾸 나오려는 게 느껴져서 손등으로 잽싸게 문질러 닦았다. 세주는 나를 내려다보며 작게 한숨을 쉬었다.

"왜 운 건데? 내가 너처럼 발목 나갔을까 봐?"

"……무서웠어. 나 실은 코트에서 뛸 때 가끔 무서워. 또 발목 다칠까 봐, 수비도 공격도 집중을 못 하겠어……."

아웃사이드 히터는 넓은 범위를 적극적으로 커버해야 하는 만큼 순간적으로 발을 팍 차고 나가야 할 때가 많았다. 그런데 그럴 때마다 발목의 상처가 생각나서 자꾸 머뭇거렸다. 그게 내가 코트에서 느려진 이유였다.

세주가 조심조심 내려와 변기 뚜껑 위에 앉는 소리가 들렸다. 그러고는 가라앉은 목소리로 말했다.

"어쩌면 그럴지도 모른다고 생각했는데, 차마 물어볼 수가 없더라. 말 꺼내면 괜히 네 상처를 더 헤집는 것 같아서."

나는 그 말에 손바닥으로 얼굴을 가렸다. 다들 알면서도 모른 척해준 걸까. 안다고 해도 몇 마디 말로 위로한다고 바꿀 수 없는 문제니까? 결국은 내가 극복해야 했다. 그걸 알기에 더 답답했다. 이제 어떻게 해야 할까. 두려움을 숨긴 채 나는 괜찮으니 코트에 서게 해달라고 떼를 쓸 순 없었다. 극복할 때까지 배구를 쉬겠다고 해야 할까. 그게 팀을 위한 게 아닐까.

"근데 안 무서운 게 더 이상한 거 아니야? 춘계 대회에서도 막 정예고랑 산하고 선배들이 80킬로미터에 가까운 속도로 강 스파이크 날리는데, 안 쫄리면 그게 더 이상하지. 우리가 야구 선수처럼 배트나 글러브가 있는 것도 아니고 오직 맨몸으로 공을 받아내야 하는데."

"그런데도 다들 잘하잖아."

"그러니까 말이야. 어쩜 그렇게들 잘하는지 신기하다니까."

세주는 관중 모드로 돌변해서 남 일처럼 말했다. 나는 눈을 옆으로 흘겼지만 벽이 가로막혀 있어서 세주가 어떤 표정을 짓고 있는지 보이지 않았다.

그때 화장실 입구 문이 벌컥 열리면서 예준 선배의 목소리가 들렸다.

"김세주! 너 여기 있지? 빨리 안 나와? 감독님이 시동 걸고 기다리고 계셔."

"나인이랑 같이 가려고 했는데, 얘가 절 부축 안 해준대서 설득할 시간이 좀 더 필요해요."

이건 또 뭔 소리야? 나는 문을 벌컥 열고 나가서 내가 언제 그랬냐고 항의했다. 세주는 기다렸다는 듯 옆 칸에서 문을 열고 나오더니 나한테 붙어 팔을 어깨에 걸쳤다.

"자, 이제 나를 부축하도록 해. 넌 키가 크니까 날 공주 안기로 들고 가면 더 좋고."

"죽고 싶냐?"

"그럴 리가."

세주는 씨익 웃었다. 웃는 걸 보니 심각한 것 같진 않았지만 그렇다고 안심할 수 없었다. 빨리 나오라는 예준 선배의 성화에 나는 음흉한 두꺼비라고 구시렁거리며 세주를 업었다.

병원에서는 발목 염좌라 일주일 정도 휴식을 취하면 좋아질 거라고 했다. 빠른 회복을 위해 부목으로 발목을 고정한 뒤 나왔다. 세주는 목발을 짚고 나오면서 감독님께 다음 주에 명성고랑 다시 경기를 잡아달라고 졸랐다. 감독님은 10년은 더 늙은 얼굴로 헛소리하지 말고 푹 쉬라며 우리를 집 앞에 내려주었다. 내가 엘리베이터를 잡아두는 동안 세주가 목발을 짚고 천천히 움직였다.

"야, 우리 집에서 떡볶이 배달시켜 먹을래?"

"하준이도 같이?"

"우와, 구나인! 어떻게 그렇게 심한 말을. 내가 왜 개랑 겸상을 해? 말 나온 김에 묻자. 너 김하준이랑 멘토링 언제까지 할 거야? 나랑 코트에서 호흡 맞추려면 하준이 그 자식이랑은 이 참에 연을 끊어."

나는 벙쪄서 세주를 빤히 보았다. 아까 화장실에서 속 얘기를 좀 하긴 했지만, 이건 너무 선 넘는 거 아닌가? 근데 얘는 하준이를 왜 그렇게 싫어하는 거지? 그래서 조심스레 이유를 물었다.

"그건 내가 아니라 김하준 그 자식한테 물어봐. 너네들 밤마다 놀이터에서 보는 거 다 알거든? 그리고 먼저 싫어한 건 내가 아니라…… 아, 내가 먼저였나? 아, 몰라. 개만 생각하면 짜증 나."

세주가 거칠게 도어록 비밀번호를 누르고 문을 열었다. 나는 뒤따라 들어가야 하나 말아야 하나 망설였다. 그때 2호기 엘리베이터 문이 열리면서 뒤에서 호통이 빽 날아왔다.

"김세주! 이게 또 무슨 난리야!"

지난번 학원 거리에서 본 하준의 엄마였다. 나는 눈이 마주칠까 봐 엉거주춤 고개를 숙이고 인사했다. 그러나 아주머니는 내게 데려다줘서 고마운데 이제 그만 가보는 게 좋겠다고 차갑게 말했다. 내가 얼마 전 하준이랑 거리를 내달린 애라는 것도, 심지어 옆집에 사는 것도 모르는 것 같았다. 나는 어찌해야 할지 우왕좌왕하다가 어색하게 인사를 하고 비상구 쪽으로 갔다. 뒤에서 등짝 스매싱 날리는 소리와 함께 세주와 아주머니가 집으로 들어가는 소리가 들렸다.

나는 한참 후 도어록 비밀번호를 조심조심 누르고 집으로 들어갔다. 놀란 토끼 눈으로 현관문을 바라보는 아빠와 눈이 딱 마주쳤다. 토요일이라 아빠는 부엌에서 할머니가 보낸 반찬을 냉장고에 정리 중이었다. 옆집에서 싸우는 소리가 벽 너머로 다 들려서 아빠도 난감한 표정으로 조심조심 움직였다. 나 역시 내가 집에 있는 걸 들키지 않으려고 뒤꿈치를 들고 걸었다.

한 시간쯤 지난 뒤 좀 조용해지나 싶어서 한숨을 내쉬었다. 그러나 이내 다시 2차전이 벌어졌다. 굳이 알고 싶지 않은 부분까지 다 들려 민망했다.

아빠가 고민 끝에 내게 작은 목소리로 물었다.

"저녁은 나가서 먹을까?"

나는 고개를 끄덕였고 우리는 살금살금 집을 빠져나왔다.

우리는 차를 타고 시내 고깃집으로 향했다. 아빠와 마지막으로 단둘이 외식한 건 출국하기 전이니까, 거의 1년 만이었다. 아빠는 삼겹살을 구워서 내 그릇 위에 수북하게 올려주었다. 나는 밥을 먹는 둥 마는 둥 했다.

"더 먹지. 오랜만에 외식인데."

"입맛이 없어서."

"울었어? 눈이 좀 부은 것 같은데."

어차피 아빠도 알게 될 일이라 친선 경기 때 있었던 일을 조심스레 말했다. 잠시 후 아빠가 무겁게 말을 꺼냈다.

"세주가 또 다쳤으니 그걸 빌미로 그만두게 하시려고 할 텐데. 한동안 옆집이 시끄럽겠네."

세주 엄마는 작년에 아빠가 석탑중 감독을 맡자마자 제일 먼저 상담을 신청했다고 했다. 감독님이 애를 좀 설득해서 배구를 그만두게 해달라고 청했고, 이유는 벽 너머로 들린 것과 똑같았다. 아주머니는 세주가 편하게 의자에 앉아서 할 수 있는 직업을 갖길 원했다. 하준에게 의사를 해야 한다고 하셨다는 이야기와 겹쳐 들렸다. 하지만 아빠가 세주와 상담해 보니, 세주는 배구를 무척 좋아했고 절대 그만둘 생각이 없어 보였다고 했다. 그래서 기본부터 다시 가르쳤다고 했다.

나는 앞접시에 담긴 파채를 젓가락으로 뒤적이며 남 얘기처럼 물었다.

"작년에 왜 나한테 배구 그만두라고 했어? 내가 배구 좋아하는 거 알면서 왜 그랬어?"

"네가 갑자기 너무 달라지니까 속상해서 말이 헛나왔어."

"거짓말. 표정이 진심이었는데."

"원래 화나면 다 진심으로 보여. 많이 속상했지?"

입을 떼면 감정이 왈칵 쏟아질 것 같아서 부러 대답하지 않았다. 다시 대화가 끊겼다.

"아빠도 뭐 하나 물어도 돼? 주말 훈련하는 거 왜 갑자기 하기 싫다고 했어?"

"나보다 더 열심히 하고 잘하는 애들 얘기 듣는 게 너무 힘들었어. 수술하고 침대에만 누워 있어서 나만 뒤처지는 기분이라 불안한데, 그런 얘기까지 듣는 건 감당하지 못할 것 같았거든."

나는 적당히 이야기하고 끊으려고 했는데, 차분한 분위기 속에서 이야기가 나오자 하지 말아도 될 말까지 술술 나와 버렸다.

"실은 나 라이벌이라고 생각하는 애도 생겼다?"

"누구? ……세주?"

"응. 웃기지? 평생 라이벌 같은 건 안 두려고 했는데 잘나가는 세주가 미워 죽겠더라고."

"지금도 미워 죽겠어?"

나는 잠시 고민하다가 고개를 가로저은 뒤 나직이 말했다.

"저번에 김세주 싫다고 책에 낙서했다가 학교에서 난리 난 적 있었거든? 그때도 걔는 자기 욕한 것보다 내가 전학 가는 걸 더 걱정하더라고. 진짜 이상한 애라니까."

"세주 걔가 많이 이상하지."

아빠는 AI처럼 고개를 끄덕이며 내 말을 반복했다. 그런데 방금 그 말은 너무 아빠답지 않다는 생각이 들어 오히려 분위기가 더 어색해졌다. 평소의 아빠라면 라이벌을 두면 쓸데없이 감정 소모가 심해지니 자신과의 싸움에 더 열중하라고 했을 것이다. 그럼 나는 그걸 알면서 왜 자꾸 다른 애랑 비교한 거냐고 쏘아붙이는 무한반복의 굴레에 빠졌을 텐데. 나는 미간에 힘을 주고 슬쩍 물었다.

"나 라이벌 있어도 괜찮아? 아니면 그게 김세주라서 괜찮은 거야?"

"아빠가 싫다고 하면 세주랑 라이벌 아닌 척할 거야? 그냥 너 마음 가는 대로 해. '미워 죽겠다'는 마음뿐이면 어쩌나 걱정했는데 이제 보니 우리 딸 다 컸네."

"키는 진즉에 컸지."

나는 미소가 번지려는 걸 감추려고 다시 먹는 데 집중했다.

어느새 밥 한 공기가 뚝딱 비워졌다. 아빠는 삼겹살 3인분을 추가로 주문했고, 우리는 고기를 굽고 먹기만 했다. 세 번째 불판을 갈고 고기가 익는 동안 왁자지껄한 주위의 소음 속에서 아빠가 목소리를 낮추고 물었다.

"윤 감독님이 훈련 때 따로 얘기한 거 없어? 폼이 좋아졌다거나 뭘 좀 고치라거나."

"전체적으로 말씀하시는 것 빼곤 특별히 없는데, 왜?"

"그렇게 부탁했는데 따로 얘기해 주는 것도 없었어? 이 누나가 진짜, 한마디해야겠네."

윤 감독님은 아빠와 젊었을 때부터 친하게 지낸 배구 선배였다. 아빠가 내 진학 문제로 윤 감독님을 따로 찾아갔을 때 아빠에게 단호하게 말했다고 했다. 세상의 아빠들은 등으로 말하는 거다. 쓴소리는 감독인 내가 할 테니 아빠는 자식한테 응원만 해라.

"감독님이 그랬다고?"

"나인이 네가 어렸을 때 나랑 똑 닮아서 예민하고 승부욕 넘치니까, 괜히 집에서 고치겠다고 말로 자극하지 말고 믿고 안아주라고 그러더라."

감독님이 날 안 보는 것 같아서 때때로 서운했는데 다 보고 있었다니. 그러면서도 믿고 기다려주었다는 생각에 가슴이 울렁거렸다. 반면 아빠는 고기를 거칠게 뒤적거리며 중얼거렸다. 그래서 믿고 맡겼더니 애를 미꾸라지로 정하질 않나, 선발로 뽑지도 않으면서 팁도 안 가르쳐주고 감독으로서 대체 뭘 한 거냐고 구시렁거렸다. 어금니에 뭔가 낀 것처럼 못마땅한 말투였다. 나는 그 모습에 스르르 미소가 번졌다.

"왜 웃어?"

"지금 아빠, 딱 제 자식 안 봐준다고 감독 욕하는 학부모잖아. 아빠가 완전 싫어하는 타입."

"이건 그거랑 다르지. 믿고 맡기라고 나한테 큰소리 떵떵 쳐놓곤…… 아휴."

"이제야 좀 아빠 같네."

아빠는 어이가 없다는 듯 피식 웃더니, 쌈을 크게 싸서 내 입으로 들이밀었다. 나는 아까 바닥에 마늘 까는 거 다 봤다며 싫다고 몸을 뒤로 뺐다. 아빠는 마늘이 몸에 좋은 거라며 빨리 먹으라고 쌈을 들이밀었다. 나는 생마늘이 들어간 쌈을 씹으며 오만상을 찌푸렸다.

"우리 딸은 먹을 때가 제일 이쁘네."

"언제는 플라잉 디그할 때가 젤 멋있다고 하더니."

불판에서는 고기가 지글지글 익어갔고, 아빠와 나는 오랜만에 배가 터지도록 먹었다. 근데 우리는 이렇게 맛있게 먹고 있

는데, 하준이는 밥은 먹었을까. 세주도 배고플 텐데. 너무 싸우
는 데만 열 올리지 말고 먹으면서 좀 싸웠으면 좋겠다.

　우리는 마트에서 장을 한가득 보고 느지막이 아파트로 돌아
왔다. 아파트 앞에 도착해서도 내가 차에서 내리지 않자 아빠
가 고개를 빼서 위쪽을 슬쩍 보았다. 옆집 거실에 불이 들어와
있었다.
　"괜찮을 거야. 세주 어머니가 말은 좀 세게 해도 자식들 엄
청 아끼셔."
　"아빠는 어른이니까 아줌마 편 드는 거지?"
　"그런 말이 어디 있어. 부모니까 그 마음을 더 잘 아는 거지.
내 자식은 고생시키지 않고 꽃길로만 가게 해주고 싶은데 어
디 그게 마음처럼 되나."
　"그래도 싫어. 아빠는 몰라. 아줌마가 세주한테만 그러는 거
아니야. 하준이한테도 얼마나 몰아붙이는데. 세주보곤 배구 관
두라고 하고, 하준이보곤 무조건 의사 되라고 하고. 왜 자식
꿈을 부모가 정해. 진짜 싫어."
　아빠는 나를 가만히 보더니 고개를 떨어뜨렸다. 아빠의 시
선이 아무것도 뜨지 않는 차의 계기판을 향해 있었다. 시동이
꺼진 지 오래라 차는 고요했다. 나는 슬쩍 눈을 돌려 아빠 눈

치를 보았다. 세주와 하준이 얘기를 했지만, 결국 다시 아빠와 나의 얘기로 돌아와 버린 것이다. 가족 간에 할퀸 상처는 엄청 깊이 패어 있어서 다 끝났다고 생각한 순간에도 언제든 다시 그 골로 빠질 수 있었다. 의도하지 않은 순간에도, 자신도 모르게.

한참 후 아빠는 내 쪽을 보며 일부러 명랑하게 목소리를 높였다.

"우리 영화 보러 갈까? 요즘 뭐가 재밌니?"

"갑자기 웬 영화. 뜬금없이…… 어?"

나는 불현듯 아빠에게 강속구로 퍼부었던 말이 떠올랐다. 주말에 이틀 만나면서 맨날 잔소리하지 말고 다른 집 아빠처럼 물어보라고 했던 그것. 아빠는 토씨 하나 틀리지 않고 똑같이 나에게 물었다. 나는 소름이 돋은 것처럼 양팔을 과장되게 쓸었다.

"테니스장에서 내가 한 말 고대로 되돌려준 거야? 벼르고 있었구나? 그치?"

"당연하지. 매일매일 그때 생각했는데."

아빠는 1년 동안 자신을 믿고 따르는 세주를 가르치면서 나와의 관계를 돌아보게 되었다며 말을 이었다. 감독과 아빠 노릇을 다 잘할 수 있다고 믿었지만, 세주에게는 한 걸음 뒤에서 차분하게 해줄 수 있는 조언도 내 앞에서는 속상한 마음이 앞서서 감정적으로 터져 뒤늦게 심각성을 깨달았다고.

"안 그래야지 하면서도 그게 잘 안 되더라. 저번에 네가 화장실로 도망가서 숨죽여 울 때는 진짜 가슴이 찢어졌어."

아빠를 물끄러미 바라보니 어둠 속에서도 아빠의 이마와 미간에 주름이 더 늘어난 게 보였다. 아빠도 나처럼 혼자 있을 때 그날을 생각하며 마음이 아렸을까. 아마 저 주름은 내가 만든 거겠지? 코끝이 시렸다. 아빠는 차분하게 말을 이었다.

"그러니까 세주 어머니께도 시간을 좀 드리자. 말로는 그래도 자식 이기는 부모 없어. 내 자식이 좋다는데 그걸 무슨 수로 말려. 자, 우리 나인이 뭐 보고 싶어? 검색 좀 해볼까."

아빠는 휴대폰 화면을 내리며 영화를 열심히 찾아보았다. 눈에 엄청나게 힘을 주고 얼굴에 인상을 잔뜩 찌푸린 채. 나는 뜨악한 표정으로 아빠를 보았다.

"헐. 그래서 주름이 늘어난 거였어? 아빠 노안이야?"

"어허! 누가 노안이야. 아빠 아직 짱짱해! 그게, 차 안이라 어두워서 그렇지."

아빠는 당황했는지 허둥지둥 불을 켜려고 했다. 나는 팔을 벌려 기습적으로 아빠를 껴안았다. 이것까지 해야 완벽한 마무리라고 덧붙이자 아빠도 나를 마주 안았다. 어색함을 참고

2초 만에 먼저 포옹을 풀었다. 아빠는 아쉬워했지만, 내 기준이 정도면 엄청나게 긴 시간이었다.

"아! 드디어 주말에 할머니 보러 갈 수 있겠네!"

"내려간다고 전화해 놓을까?"

"아니, 몰래 가자. 할머니 깜짝 놀라게 해줘야지! 참, 할머니가 이상한 말한 거 알아? 아빠랑 화해하려면 막 더 싸우라고 했다니까. 덜 싸워서 그렇다고."

"아빠한텐 전화해서 언제 화해할 거냐고 혼내기만 하셨는데. 네 사진 보면서 진짜 하고 싶은 말 연습하라고 하시더라. 아마 나인이한테 더 싸우라고 하신 것도 같은 뜻이셨을 거야."

아빠와 나는 자연스럽게 고개가 위쪽으로 올라갔다. 옆집에서는 지금 어떤 말이 오가고 있을까. 우리는 더 실컷 싸우라고 응원하며 영화관으로 차를 돌렸다.

일주일 뒤 세주가 주말 훈련에 복귀했다. 세주는 겨울잠을 준비하는 다람쥐처럼 포동포동 살이 쪄 있었다. 감독님이 기가 막힌 표정으로 대체 몸무게가 몇이냐고 묻자, 세주는 엄마랑 싸우느라 스트레스 받아서 먹다 보니 중간에 끊을 수가 없었다고 실토했다. 나는 옆집에 사는 이웃으로서 매일 밤 들려오던 다툼을 들었기에 적극적으로 고개를 끄덕이며 세주를 감쌌다. 하지만 감독님의 표정은 몹시 무서웠다.

"몸무게가 갑자기 늘면 무릎에 가해지는 힘도 그만큼 커지는 거 몰라? 김세주, 무조건 일주일 안에 몸무게 원상복구해놔. 당분간 점프 훈련은 빼고."

7월에 열리는 대통령배가 한 달 앞으로 다가왔고 본격적으로 주말 훈련이 시작되었다. 직전 주에 기말고사까지 있어서 아침 훈련과 주말 훈련은 하되 평일 야간 훈련은 뺐다. 단, 3학년은 예외였다. 8월 드래프트가 얼마 남지 않은 만큼 3학년 선배들이 훈련을 늘리고 싶다고 감독님께 간청했기 때문이다.

나는 바닥에 둥글게 앉아 김세주를 향해 눈을 흘기며 스트레칭을 했다.

"너 복귀하면 같이 백어택 좀 연습하려고 했더니 몸이 그게 뭐냐?"

"백어태액? 미쳤네 얘가. 야, 우리가 프로도 아니고 그거 했다가 실패하면 겉멋만 잔뜩 들었다고 욕 바리바리 먹을 텐데, 그걸 하겠다고? ……표정 뭐야. 너 진짜 하게?"

"욕 푸지게 먹더라도 경기에서 점수 내는 게 나아. 7월엔 무조건 보여줘야지."

태국에서 본 다른 나라 청소년 국가대표들의 플레이가 떠올랐다. 그들은 백어택이 성공하든 말든 거침없이 시도했고 시간차 공격에서도 주저하는 모습이 없었다. 아빠는 큰 무대에서 전력을 강화하려면 어릴 때부터 편식하지 말고 다양하게 전술을 훈련해야 한다고 매번 강조했다. 또 잔소리냐며 구시렁거렸지만 사실 백어택은 1년 전부터 가장 하고 싶었던 고난도 기술이었다.

네트 앞이 아니라 라인 뒤에서 멀리 떨어진 채 크게 힘을 싣고 점프해 공격하는 만큼 세터와의 호흡이 중요했다. 세터가 공격수 쪽으로 공을 정확히 쏴주지 못하면 백어택은 시도조차 할 수 없었다.

"국제적으로 놀려면 백어택 정돈 해야 한다 이거지? 오키, 이틀만 기다려!"

세주는 땀복을 입고 무서운 기세로 훈련에 매진하더니 딱 이틀 만에 원래 몸으로 돌아왔다. 모두가 저런 괴물은 처음이라며 혀를 내둘렀다. 하지만 감독님은 당연히 해야 할 일을 한 것뿐이라는 듯 따로 칭찬은 없었다.

우리는 감독님의 지도하에 백어택 훈련을 시작했다. 어려울 거란 건 알았지만 역시나 고전했다. 간신히 호흡이 맞아 공을 네트 너머로 때려도 타이밍이 맞지 않아 공에 힘이 없었고 성공이라고 보기도 애매했다.

단기간에 백어택을 마스터할 확률은 객관적으로 낮았지만

나는 신경 쓰지 않았다. 남들이 뭐라고 하든 내 입장에서는 성공하거나 실패하거나 둘 중 하나니까, 확률은 반반이었다. 거기에 너무나 성공하고 싶은 나의 간절함이 더해졌으니, 확률은 51 대 49. 그거면 충분했다.

종일 세주와 훈련하고 싶었지만 우리 팀의 유일한 세터라 내가 세주를 독점할 순 없었다. 세주가 다른 선수들과 합을 맞추는 동안 나는 시온 선배로부터 플라잉 디그 때 부상을 최소화하는 꿀팁을 전수받았다. 그뿐 아니라 속도가 느린 하린 선배, 민서 선배와 함께 느림보 삼총사로 묶여 스플릿 스텝도 맹연습했다.

월요일이 되자마자 아침 일찍 교무실로 향했다. 시험 출제 기간이라 안으로 들어갈 순 없어서 교무실 앞에서 담임을 기다렸다. 얼마 되지 않아 담임은 유니콘이 그려진 분홍빛 가방을 한쪽 어깨에 메고 복도로 나왔다. 오늘은 단단히 말하려고 벼르고 왔는데, 담임의 어이없는 가방에 시선이 빼앗기면서 머릿속이 뒤죽박죽이 되었다. 이상한 백이상이라고 불릴 때부터 이상하다는 건 알았지만 이건 좀 너무한 거 아닌가.

"쌤, 그 가방은 뭐예요? 이런 취향이셨어요?"

"당연히 내 취향이 아니지! 막내딸이 오늘은 꼭 이거 들고 가야 한다고 고집을 부려서······."

가방을 자세히 보니 한쪽 귀퉁이에 '백수리'라고 적혀 있었다. 오늘따라 담임의 다크서클이 더 짙어 보였다. 나도 어릴 때 아빠에게 오늘은 꼭 내가 준 리본 핀을 정수리에 하고 나가야 한다고 떼를 쓴 게 떠올라 피식 웃음이 나왔다.

"아침부터 날 놀리려고 기다린 건 아닐 테고, 왜? 시험 문제 궁금해서?"

"아니요! 전 시험에 관심 없거든요? 쌤, 6모 끝났는데 학생 상담 다시 해야 하지 않아요? 선배들 이야기 들어보니까 부모님까지 오셔서 상담한다던데."

"그건 3학년들이고. 왜? 하준이 걱정돼서? 하준이가 내가 등판하기를 기다린대?"

"아니요. 하준이는 제가 이러는 거 몰라요."

"우리 나인이가 멘토 걱정이 많네. 근데 조금 더 기다려 주자. 하준이랑 만나서 얘기해 보니까 시간이 더 필요할 것 같더라고. 일이 꼬여서 생각한 게 잘 되고 있지 않다던데."

"벌써 하준이랑 얘기해 보셨어요?"

"그럼, 담임이 학교 안 나오는 학생이랑 얘기도 안 했을까 봐? 우리 아침마다 메시지하는 사이야. 생존 신고에 더 가깝긴 하지만."

시험 출제 기간엔 교무실 앞에 어슬렁거리는 거 아니라는 체육 선생님의 호통에 교실로 돌아왔다. 수업 시간 내내 아까 담임이 한 이야기가 맴돌았다. 하준이 생각한 게 대체 뭘까? 일이 꼬였다는 건 엄마와의 대화를 말하는 걸까? 그게 뭔지는 모르지만 하준이 빨리 학교에 나왔으면 좋겠다.

세주는 수업이 끝나고 나서도 집에 가기 싫다며 뭉그적거렸다. 집에 가면 엄마랑 맨날 싸우는 통에 어차피 공부도 안 된다면서. 나는 하준이 학교를 나오지 않자 공부에 흥미를 잃어버렸다. 그래서 기말이고 뭐고 공부하기 싫다는 세주의 말에 적극 동의했다. 우리는 아파트를 지나 뒷산으로 올라갔다.

세주는 모기 때문에 등산이라면 치가 떨린다고 구시렁거렸다. 그러더니 정상에 오르자 가슴이 탁 트인다며 좋아했다. 머리 위로 바람이 불고 해가 정수리에 오롯이 닿는 느낌은 그 무엇과도 바꿀 수 없었다.

그늘이 드리워진 팔각정에 앉아 알이 배긴 다리를 두드렸다. 잠깐의 정적 뒤 세주에게 전부터 궁금하던 걸 물었다. 어떻게 갑자기 실력이 확 달라진 거냐고.

"왜? 구 감독님이 나한테 어떤 엄청난 비법을 알려준 건지 궁금해?"

"아니 뭐……. 근데 너 진짜 우리 아빠 때문에 바뀐 거야?"

세주는 그렇다며 고개를 끄덕였다. 중학교 2학년 때도 세주는 엄마와 매일 싸웠다고 했다. 엄마는 코트에서 뛰지도 못하면서 뭐 하러 돈 낭비 시간 낭비하느냐며 얼굴만 마주치면 배구 그만두라고 했고, 훈련 중에 부상을 입자 집에서의 갈등은 극에 달했다.

"네가 대회마다 상 받고 청소년 국가대표로 뽑힐 때 나는 내년에도 배구할 수 있을까, 엄마는 또 어떻게 설득해야 하나 매일 고민했어. 엄마가 아무리 뭐라고 해도 꿋꿋하게 버티려고 스스로에게 당당할 만큼 독하게 훈련했지. 그런데도 매일 제자리더라. 키도 제자리고."

세주는 벤치와 웜업존 신세를 면하지 못하자 자신이 선수가 아니라 선수 지망생처럼 느껴졌다고 했다. 그래서 자신이 선수라는 걸 잊지 않으려고, 노력하면 꼭 달라질 거라고 매일매일 주문처럼 되뇌었다고. 세주는 마치 누구도 자신을 믿어주지 않아 그늘이 짙게 드리워진 담벼락 아래에서도 어떻게든 해를 한 줌이라도 더 받으려고 깨금발을 드는 민들레 같았다.

"그때 구 감독님이 우리 학교로 오셨어. 감독님이랑 첫 상담 때 전 감독님이 남긴 코멘트를 보고 물으시더라. 요즘 세터는 키가 커야 경쟁력이 있으니까 고등학교 때 리베로로 바꾸는 게 어떠냐고."

아빠에게서는 듣지 못한 이야기였다. 세주는 담담하게 말을 이었다.

"그래서 배구를 시작한 이유가 세터가 되고 싶어서라고 말씀드렸어. 예전 감독님들처럼 현실적으로 생각해 보자고 나를 설득하실 줄 알았는데, 구 감독님은 그럼 같이 해보자고 하시더라."

내가 청소년 국가대표로 선발된 후 감독님 지도하에 경기로 몸을 만들 때, 세주는 바닥부터 다시 시작했다. 세주와 나의 시작점은 달랐지만 훈련 내용은 크게 다르지 않았다. 내가 점프할 때 세주도 점프했고, 내가 달릴 때 세주도 달렸다. 서로 다른 곳에서.

"작년 여름에 특훈하면서 구 감독님께 물어본 적이 있거든. 다른 감독님들은 나보고 안 될 거랬는데 왜 나를 붙잡아 준 거냐고. 그때 구 감독님이 그러시더라. 간절히 원하면 최고가 될 수 있다고."

나는 한 대 맞은 듯 심장이 쿵 울렸다. 엄마가 어렸을 때 매일 나에게 해주던 말이었다. 생각해 보면 엄마가 나에게 해준 말은 모두 아빠가 매일 입에 달고 사는 말이었다.

"그 말을 듣는데 심장이 찌르르 아프더라고. 나한테 꼭 필요한 말이었거든. 근데 그걸 나보다 더 배구를 오래 좋아한 사람이 해준 거야. 아무도 기대하지 않는 평범한 나한테."

나에게는 지긋지긋한 잔소리였던 아빠의 말이 세주에게는 다른 무게감으로 닿아 씨앗처럼 콕 박혔다. 그 씨앗에서 싹을 틔운 건 세주의 땀방울이었다. 세주는 코트에 서기 위해 쉬지 않고 무수히 흘린 땀으로 제 꿈을 지켜냈다.

세주가 그간 고군분투했던 이야기를 듣자 문득 체육관에서 세주를 처음 봤을 때가 떠올랐다. 이제껏 개인상 하나 받지 못한 애라고 무시했던 내 모습이 너무 부끄러워 고개를 들 수가 없었다. 루키니 에이스니 하는 것들에 집착하던 나보다 세주가 훨씬 더 어른스러워 보였다. 진짜 짜증 나게 멋지네. 나는 세주를 향한 질투가 또 스멀스멀 올라오려고 해서 부러 몸을 뒤로 젖히고 위쪽으로 시선을 돌렸다. 눈이 시리도록 하늘이 맑았다.

"근데 넌 그런 멋진 아빠랑 왜 맨날 싸우는 거야?"

"너한테나 멋진 감독님이지 나한테는 잔소리 대마왕이야. 그리고 지도 엄마랑 맨날 싸우면서?"

"웃긴 거 말해줄까? 내 이름, 우리 엄마가 지어준 거다? 세상의 주인이 되라고 세주. 어렸을 땐 예쁘다고 맨날 물고 빨고 끼고 다니더니."

"헐, 진짜 그런 뜻이야? 이름이 너무 1차원적인데?"

"'구나인'이 나한테 그런 말 할 처지는 아니지 않냐? 하! 나는 언제 이름값 해보냐. 세상에서 주인공 되기 너무 빡세다!"

세주가 자신의 이름에 매달리듯 나 역시 그런 순간이 있었다. 엄마가 돌아가신 지 얼마 되지 않았을 때였다. 당시 주장 선배가 등번호로 9번을 고르려고 해서 안 된다고 9번은 내 거라고 항의한 적이 있었다. 주장은 자기 친언니도 항상 9번이었다며 그 번호를 원했고, 나는 내 이름이니까 무조건 9번을 할 권리가 있다고 우겼다.

주장 선배 어머니는 감독님으로부터 내가 9번에 집착하게 된 이유를 듣고는 주장을 설득해서 19번으로 바꾸었다. 나는 어린 나이에도 그것이 엄마를 잃은 아이에 대한 연민이라는 걸 알았지만 그래도 9번은 포기할 수 없었다. 내가 9번이라고 새겨진 유니폼을 입을 때 기뻐하던 엄마의 모습이 마음에 길게 메아리쳤다.

등번호 때문에 다투긴 했지만, 그 일로 주장 선배와 친해져 우리는 아홉수 의자매로 불렸다. 내가 그 이야기를 해주자 세주가 몸을 앞으로 내밀며 관심을 보였다.

"한 살 차이면 지금 2학년이겠다. 그 선배는 어느 학교야? 혹시 춘계 때 봤었나?"

"중2 때 배구 그만뒀어. 언니도 배구를 했는데 드래프트에서 떨어졌거든."

어렸을 때부터 배구만 해왔는데 어디에도 발붙일 곳이 없어진 큰딸을 보고 부모님이 작은딸마저 낙동강 오리알 신세로 만들 수 없다며 일찌감치 그만두게 한 것이다. 언니가 배구를 계속하겠다고 떼를 쓰자 아예 배구부가 없는 학교로 멀리 전학까지 시켜버렸다.

그때의 일은 나에게 큰 충격으로 각인되었다. 엘리트 배구 시스템에서는 학교를 떠나면 배구선수가 될 수 없었다. 부모가 언제든 자식의 꿈을 빼앗을 수 있다는 게 어마어마한 공포로 남은 상황에서 아빠에게 그럴 거면 배구 그만두라는 말을 들은 것이다. 화가 나 앞뒤 분간 못 하고 대들었지만 사실 무서웠다. 진짜 그럴 수도 있으니까.

아빠에게는 차마 말하지 못했지만, 부상에 대한 두려움과 꿈을 빼앗길지 모른다는 공포감에 사로잡힌 후 나는 다시 예전처럼 자신감 있게 나서지 못했다.

"너한테 그런 일이 있었을 줄은 생각도 못 했는데…… 구 감독님 완전 실망이야!"

세주는 벌떡 일어나 격하게 화를 냈다. 그래서 얼마 전 아빠와 삼겹살을 구워 먹으며 풀었다는 말은 하지 못했다. 나는 세주의 어깨에 팔을 두르고 조언했다.

"그니까 너도 화만 내지 말고 집에서 엄마랑 각 잡고 다시 대화해 봐. 너희 엄마가 그렇게 잔소리해도 전학시키겠다는 말은 한 번도 없었다며?"

세주는 엄마랑 대화할 생각에 머리가 지끈거린다는 표정을 지었다. 나는 그런 세주의 등을 밀며 빨리 내려가자고 했다. 때마침 우리를 응원하듯 뒤에서 산바람이 불어왔다. 이 칠나를 놓칠세라 나는 휴대폰을 번쩍 들고 셀카 모드로 사진을 찍었다. 세주는 갑자기 몰아친 바람 때문에 앞머리가 눈을 찔렀는지 구겨진 휴지처럼 얼굴을 찡그렸다. 나는 그 모습이 웃겨서 입을 크게 벌리고 활짝 웃었다.

세주는 이상하게 나왔다며 빨리 사진을 지우라고 난리였다. 하지만 나는 갤러리에 담아두고 혼자만 보겠다고 약속했다. 물론 약속은 1초 만에 파기했다. 나는 뒤에서 천천히 걸으며 바로 사진을 하준에게 전송했다. 하준은 엄마에게 들켜 더는 밤에 나오지 못했다. 벌써 못 본 지 일주일째였다. 사진 밑에 뭐라고 적을까. 같이 놀자? 바람 진짜 시원해! 아니면, 학교 언제 올 거야? 썼다 지웠다 반복하며 심각하게 고민하는 사이에 바로 읽음 표시가 떴다.

— ㅋㅋㅋㅋㅋㅋㅌㅎㅋㅋ

오타까지 내면서 웃다니, 이건 찐이다. 혈육의 흑역사 사진에 배를 잡고 웃고 있을 하준의 모습이 그려졌다. 내가 보낸 바람이 방에 틀어박힌 하준에게도 전해졌을까. 그랬으면 좋겠다.

하이틴을 부탁해

하준은 다음 날에도 학교에 오지 않았다.

오타까지 내면서 메시지를 보내놓고는 어떻게 이럴 수가 있지? 기대가 컸던 만큼 배신감도 배로 커졌다. 응원이고 뭐고 이젠 오기가 생겼다. 녀석을 꼭 그 방에서 끌어내겠다고.

혼자 씩씩거리는데 조현승이 내 자리로 와서 하준의 안부를 물었다. 말로는 반장으로서 수행평가 때문에 챙기는 거라고 했지만, 표정에 걱정이 덕지덕지 묻어 있었다. 자신이 못되게 굴어서 하준이 학교에 나오지 않는 거라고 생각하는 듯했다. 조현승에게는 앙금이 남아 있었지만 거짓을 꾸며내진 않았다.

"생각이 많은가 봐. 정리되면 곧 나오겠지."

아침 자습 시간에 조현승이 휴대폰을 걷으러 돌아다닐 때 나는 하준에게 메시지를 보내는 중이었다. 조현승은 힐끔 내 화면을 보더니 기록지에 '구나인 휴대폰 안 가져왔음'으로 표시하고 교무실로 휴대폰이 담긴 박스를 들고 갔다. 수많은 말이 파도처럼 밀려왔다가 다시 썰물처럼 빠졌다. 결국 아무 말도 적지 못한 채 치마 주머니에 휴대폰을 넣었다.

자꾸 하준의 빈자리에 눈길이 가서 수업이 귀에 들어오지 않았다. 선생님은 기말고사에 무조건 이 부분이 나올 거라고 강조했다. 선생님 말은 오른쪽 귀에서 왼쪽 귀로 빨대를 통과하듯이 빠져나갔다. 하준에 대한 생각이 비 오는 날 진흙처럼 착 스며 떨어지지 않았다.

수요일이라 점심에 특식이 나왔다. 하준이 좋아하는 프라이드치킨, 떡볶이, 우동 세트에 디저트는 과자가 토핑된 요구르트아이스크림이었다. 나는 전문 사진작가처럼 사진을 수십 장 찍은 끝에 가장 맛있어 보이게 나온 사진을 하준에게 보냈다. '네가 여기 없어서 놓친 것'이라고 의미심장하게 멘트까지 꼬리처럼 달았지만 하준은 바로 확인해 놓고 답이 없었다. 오기가 불끈불끈 솟았다.

세주와 나는 운동장을 돌며 광합성을 하다가 우연히 키 작은 나무 이파리에 붙은 달팽이를 발견했다. 올해 처음 발견한 달팽이였다. 나는 하준에게 보내려고 곧장 휴대폰을 꺼내 달팽이 사진을 찍었다. 세주는 옆에서 쪼끄만 게 너무 귀엽다며 정신 사납게 호들갑을 떨었다.

"꼬물꼬물 움직이는 것 좀 봐! 구나인, 이것 좀 보라니까."

"어어, 보고 있어."

"진짜 이 세상 귀여움이 아니다. 달팽아, 힘내! 파이팅!"

"으응."

대충 맞장구치며 열심히 휴대폰을 두들기다가 습관처럼 전송을 눌렀다. 3초 후 내가 저지른 짓이 눈에 들어왔다. 돌림노래 부를 때 옆 사람의 가사를 따라가는 것처럼 실수로 세주가 하는 말을 따라 적고 말았다. 맞춤법도 틀린 채. 그런데 그것보다 더 큰 문제는, 하준에게 보낸 게 아니었다.

"아, 망했다."

"왜? 뭔데? 야, 너 이거 어디다 올린 거야?"

감독님까지 있는 전체 공지용 배구부 단톡방에 달팽이 사진을 올리고 그 아래 '하이틴ㅇ'이라고 써 버렸다. 급하게 메시지를 지우려고 했지만, 나처럼 휴대폰을 제출하지 않은 선배들이 빠르게 메시지를 확인해 버렸다. 심지어 감독님까지.

– 하이틴? 프로틴 짝퉁임?

– 별명을 나구에서 하이틴으로 바꾸고 싶은 거? ㅎㅎ

– 그건 곤란하지ㅋㅋ 그치만 시도는 좋았다!

선배들은 '나인 미꾸라지'를 줄여서 나를 '나꾸'라고 불렀다. 이제 코트에서 더는 삽질도 안 하고 호흡도 잘 맞추는데도 한 번 정해진 별명은 바꾸기 어려웠다.

- 달팽이 이름이 하이틴 아님? 혹시 자기 사진 올린 건가? 느리지만 귀엽게 봐달라?

- 놉. 그건 안 됨 ㅋㅋㅎ

정성이 갸륵한데 이제 하이틴 양으로 불러주자는 쪽과 미꾸라지는 그렇게 쉽게 바꿀 수 없다는 쪽으로 팽팽하게 나뉘었다. 잠시 후 단톡방 방장인 예준 선배가 방 이름을 '하이틴을 부탁해'로 바꾸었다. 세주는 자기만 휴대폰을 제출한 게 억울하다며 내 휴대폰을 가져가 큰 소리로 메시지들을 읽어댔다.

그 사건 이후 선배들이 훈련 때마다 나만 보면 아침 인사 대신 "우리 나꾸, 하이틴!"하면서 놀렸다. 이게 다 하준이 그놈 때문이었다. 나는 하교 준비를 하다 말고 홧김에 하준에게 다다다 메시지를 보냈다.

- 야! 김하준! 대체 언제까지 방에 처박혀 있을 건데? 진짜 이건 아니지 않냐? 학교 안 나오니까 좋냐? 너 때문에 나만 놀림받고 진짜……. 됐고! 지금 당장 학교로 튀어 오지 않으면 네 목도리 화형식에 처할 거야!! 진짜야!!!

- 조금만 기다려. 거의 다 됐어. :)

뒤에 웃는 표시까지? 하준이 보낸 메시지는 너무도 명랑했다. 어떻게 이럴 수가 있지? 나는 아무래도 하준의 정신 상태가 이상한 것 같다며 세주에게 휴대폰을 내밀었다. 가방을 챙기던 세주의 휴대폰이 전원을 켜자마자 진동했다. 발신자를 확인하고 눈이 동그래진 세주는 나중에 얘기하자면서 휴대폰을 들고 전화를 받으면서 뛰어나갔다.

"너무들 하네 진짜."

외롭고 심심했다. 그래서 헬스장에 가서 미친 듯이 무게를 치며 몸을 단련했는데, 샤워하고 나와 보니 휴대폰에 부재중 통화와 메시지가 쌓여 있었다. 모두 하준이었다.

- 나 학교 왔는데, 어디야?

메시지가 온 시간은 저녁 8시 30분이었고, 지금 시간은 밤 10시 17분이었다. 나는 운동 가방을 들고 곧장 학교로 달려갔다. 최단 기록으로 10분 만에 주파해서 학교에 도착해 보니, 체육관으로 올라가는 계단에 하준이 앉아 있었다. 하준이 자리에서 일어나 나를 향해 손을 흔들며 이모티콘처럼 환하게 웃었다.

"왔어?"

"야! 너 뭐야?"

"설마 목도리 태운 거 아니지? 최대한 빨리 왔는데."

"지금 목도리가 중요해? 그것보단 너 이렇게 나와도 돼? 이 제 시위 끝난 거야?"

"응, 아빠가 집에 왔거든."

나는 내 귀를 의심했다. 하준은 다 얘기해 주겠다며 내 옆을 따라 걸었다. 그간 하준이 학교에 오지 않고 방에 틀어박힌 건 해외에서 촬영 중인 아빠를 집으로 불러들이기 위해서였다. 처음엔 학교에 가지 않겠다고 며칠 뻗대면 바로 아빠에게 연락이 갈 줄 알았다고 했다. 그런데 하필이면 그때 아빠가 아마 존 오지에서 촬영 중이라 연락이 늦게 닿아 본의 아니게 시위가 길어졌다.

저번에 담임이 말한 하준의 생각이 이거였나? 이유를 들었 는데도 여전히 아리송했다.

"근데 너희 아빠가 집에 오면 뭐가 달라져? 아! 아빠한테 엄 마 좀 말려달라고 하려고?"

"얘기가 좀 긴데, 나랑 저번에 놀이터에서 밤에 구구콘 먹고 며칠 뒤에 엄마 가방에서 소화제를 봤어."

사실 하준이 학교에 가지 않겠다고 시위를 시작할 때만 해 도, 체벌하는 학원을 가지 않겠다는 자신의 의지를 엄마에게 전하려는 게 목적이었다고 했다. 그런데 몰래 구구콘을 사려 고 엄마 가방을 열었다가 엄마가 처방받은 위염약과 소화제를 본 것이다. 그때부터 생각이 많아졌다고 했다. 엄마가 세주에게 배구를 그만두고 몸 상하지 않는 직업을 택하라고 하고, 자신에게 의사를 해야 한다고 잔소리하기 시작한 게 언제부터인지 되짚어 봤다고 했다.

"아빠가 갑자기 더 늦기 전에 자신의 꿈을 찾아야겠다면서 카메라를 들고 출국해 버린 후로 엄마가 사회복지사를 관두고 수당이 더 많이 나오는 보험설계사 일을 시작했어. 가족 중 누군가는 생활비를 벌어야 하니까."

하준의 아빠는 방송국과 정식으로 계약한 촬영팀이 아니었다. 다니던 회사를 그만두고 퇴직금으로 다큐멘터리 촬영팀을 따라다니며 사진을 찍었다. 아빠가 전 세계를 돌며 늦은 나이에 꿈을 이루는 동안 엄마는 묵묵히 소화제를 먹으며 사람들에게 보험을 권한 것 같다고 했다. 세상에 얼마나 사건 사고가 많이 터지는지를 강조하면서. 하지만 발이 붓고 목이 쉬도록 사람들을 만나고 돌아다녀도 노력한 만큼 실적은 나오지 않아 속상해 했다고.

"의사가 돼야 한다고 맨날 잔소리하는 엄마가 부끄러웠는데 진짜 부끄러워야 할 사람은 나였어. 엄마가 혼자서 얼마나 힘든지도 모르고."

그래서 그때부터 하준의 시위 목적이 바뀌었다. 하준은 아빠를 빨리 집으로 돌아오게 하려면 자신이 이 시위를 계속해야 한다고 생각했다. 하준의 방법은 통했고, 아빠는 연락을 받자마자 곧장 귀국했다고 했다. 아까 세주가 전화 왔다면서 뒤도 안 돌아보고 달려간 이유가 그것 때문이었다. 하준은 아빠가 꿈을 따라가며 행복한 동안 엄마가 혼자서 우리를 위해 얼마나 고생하는지 말한 뒤, 이젠 바통터치를 할 때가 왔다고 단호하게 말했다.

"아빠가 지난 3년 동안 실컷 꿈을 위해 살았으니 이제 엄마 차례라고 했지. 엄마가 보험설계사 일을 그만두고 진짜 하고 싶은 일을 하게 해줘야 한다고."

덧붙여 하준은 세주와 자신이 미성년자니까 어른이 되기 전까지 우리 가족의 생계는 아빠가 책임져야 한다고 못 박았다. 그다음은 안 들어도 알 것 같았다. 수줍음 많고 느린 아이인 줄로만 알았는데 이런 면이 있었다니. 나는 하준이 새삼 대단해 보였다.

"근데 놀림 받았다는 건 무슨 소리야? 나 때문이라고?"

"아, 그거. 하하…… 아무것도 아니야."

"설마 조현승 그 자식이 놀렸어?"

하준이 당장이라도 따지러 갈 기세여서 나는 어쩔 수 없이 이실직고했다. 하준에게 보내지 못한 달팽이 사진도 보여주고.

하준은 달팽이가 귀엽다며 자신의 프로필 대문 사진으로 바로 바꾸었다. 왠지 기분이 몽글몽글했다. 하준이 날 빤히 보면서 물었다.

"이제 곧 대회 나가겠네. 대통령배라고 했나?"

"곧은 아니지. 기말 끝나고니까. 근데 너 진짜 시험 어떡하냐. 그동안 쌤들 진도 엄청 나갔는데. 걱정이 태산이겠다?"

"걱정 없는데? 이번엔 네가 내 멘토해 줄 거잖아. 쉬는 시간마다 너랑 딱 붙어 있어야지."

갑자기 얼굴이 화끈거렸다. 멘토 그게 뭐라고 왜 심장이랑 위장이랑 뇌의 위치가 뒤죽박죽 엉망으로 바뀐 것 같지? 다른 애 필기 베끼라고, 나는 설명 같은 거 잘 못한다고 했더니, 하준이 나를 뚫어지게 보면서 속삭이듯 느끼하게 말했다.

"구나인, 하이틴."

"아이 씨, 야아! 너 거기 안 서? 잡히면 죽는다!"

장난이었다며 내달리는 하준을 맹렬히 추격했지만 하준은 쉽사리 잡히지 않았다. 하준은 느리지 않았다. 마음만 먹으면 엄청나게 빠른 녀석이었다.

금요일 2교시 국어를 마지막으로 기말고사가 끝났다. 종례 후에도 애들이 반에 남아서 반장이 단톡방에 올린 답안지로 국어 시험지를 채점했다. 나는 가방을 들고 체육관으로 달렸다. 가는 길에 복도에서 마주친 담임이 국어 시험은 잘 봤냐고 묻기에 큰 소리로 말했다.

"너무 어려워서 주관식 하나도 못 썼어요!"

"농담이지? 문제가 좀 어렵긴 했지만 그래도 하나는 썼지?"

나는 시험 결과로 농담 같은 거 안 한다고 덧붙이며 복도를 내달렸고, 담임은 믿을 수 없다는 듯 어떻게 시험 못 봤다는 애가 이렇게 신날 수 있냐고 구시렁거렸다. 내가 신난 이유는 간단했다. 어차피 망한 시험은 짜증 내도 바꿀 수 없었다. 내가 바꿀 수 있는 건 망쳐버린 과거가 아니라 아직 시작되지 않은 미래였다. 나흘 앞으로 다가온 대통령배를 준비하러 체육관에 도착하자마자 유니폼으로 갈아입었다.

뒤늦게 체육관으로 온 세주가 지금 반 애들 국어 망했다고 울고불고 난리 났다며 상황을 전해주었다. 세주는 나만큼 시험을 못 봤지만 하준도 딱히 잘 본 얼굴은 아니었기 때문에 괜찮다고 했다. 여전히 세주와 하준은 티격태격했다.

세주와 나는 주말 내내 지박령처럼 체육관을 떠나지 않고 훈련에 박차를 가했다. 백어택은 아직 불안했지만 우리는 포기하지 않았다. 감독님이 가르쳐준 백어택을 무조건 성공하게 만드는 방법은 간단했다. 일단 하기, 매일 하기, 꾸준히 하기,

하기 싫어도 하기, 그리고 될 때까지 하기.

열 번 시도하면 일곱 번은 간신히 성공했다. 그러나 긴장감 속에 빠르게 플레이가 이루어지는 실전에서도 통할지는 미지수였다. 걱정스러운 표정을 풀지 않는 나에게 세주가 다가와 기운 내라며 손바닥으로 등을 탁 쳤다.

"경기 때는 무조건 될 거야. 네가 점프했을 때 네 바로 앞에 공을 멈춰 놓을 테니까 나만 믿어."

집중력이 올라가면 공격수는 점프한 상태에서도 순간적으로 공이 멈춘 것처럼 보일 때가 있다. 공격수가 정점에서 때려야 하는 공을 최대한 오래 머무르게 하려면 세터가 절묘하게 토스해야 했다. 그건 오직 뛰어난 세터만이 할 수 있는 일이었다. 또 오바한다며 앞에서는 면박을 주었지만 나는 세주를 믿었다.

그런데 그날 저녁 세주가 요상한 걸 들고 내 앞을 알짱거렸다. 감독님이 간식으로 사 온 과자를 먹던 세주는 갑자기 박스 안쪽에 마커펜으로 배구공을 그렸다. 그러더니 권투 대회에서 경기 중간 링에 들어가 라운드를 알려주듯 팔을 번쩍 들어 내 코앞에 들이밀었다. 어색한 침묵이 우리 사이에 제3자처럼 끼어들었다. 세주가 의미심장하게 말했다.

"결정적인 순간에 내가 쏜 공이 요렇게 네 눈앞에 멈춰 있을 거야. 그럼 네가 빡 점프해서, 그다음은 알지?"

"장난치지 말고 저리 치워. 아우, 쪼옴!"

나는 이런다고 되겠냐며 세주를 밀쳐냈지만, 세주는 깡충깡충 뛰면서 잘 좀 보라고 집요하게 나를 쫓아다녔다. 세주의 성화에 어쩔 수 없이 눈싸움하듯 종이 배구공을 보고 있어야 했다. 싫다고 밀어냈지만 볼수록 어이없고 웃겼다. 우리가 웃고 땀 흘리는 사이 시간은 부지런히 흘렀다.

대통령배 대회 첫 경기 날이었다. 경기 직전, 잘하고 싶은 마음 때문에 잔뜩 긴장해서 표정이 굳어 있자 감독님이 공만 쫓아가지 말고 생각하는 배구를 하라고 조언했다.

"나는 너희들과 코트에 들어가서 함께 경기하지 않는다. 네 옆, 앞, 그리고 뒤. 동료들을 믿고 뛰어라. 자, 다 같이 모이자. 하나, 둘, 셋, 하이틴!"

파이팅을 외치려던 나는 움찔했다. 내가 잘못 들은 게 아니었다. 세주를 비롯해 언니들이 빵 터졌다. 상대편 팀 쪽에서 무슨 일인가 쳐다볼 만큼 우리의 웃음소리는 컸다. 나는 이제 그만 좀 놀리라고 징징거렸지만, 소라 선배는 이제 시작이라며 내 등을 시원하게 손바닥으로 쳤다. '나꾸 하이틴'이라고 장난스럽게 외치면서.

우리는 달라진 경기력으로 예선에서 3 대 0 셧아웃으로 상대 팀들을 이겼다. 하지만 한 단계씩 올라갈수록 상대 팀의 전력 역시 만만치 않았고, 역전을 거듭하는 치열한 시소게임 끝에 아쉽게 결승전 진출에 실패했다.

대통령배 우승은 정예고, 준우승은 사당고가 차지했다. 우리 학교는 3위였다. 거의 모든 개인상은 우승과 준우승 학교에서 휩쓸었지만 우리 학교에서도 개인상이 나왔다. 시온 선배가 리베로상을 받으며 대통령배는 끝이 났다.

대회는 끝났지만 방학은 아직이었다. 다른 학교들은 이미 일주일 전에 방학을 시작했는데, 우리 학교만 겨울에 있을 리모델링 공사를 이유로 여름방학을 짧게 잡겠다며 학교에서 수업을 계속했다. 중복이 지나고 폭염이 시작되었는데도 방학까지 일주일이나 남았다는 게 믿어지지 않았다.

아이들의 불만이 폭주하자 점심 급식에 디저트로 회오리감자, 에그타르트, 마카롱에 이어 오늘은 구슬아이스크림까지 나왔다. 하지만 먹을 걸로 달래기엔 민심이 그 어느 때보다 흉흉했다.

점심시간에는 전기 절약을 위해 3학년을 제외한 1, 2학년 반에는 에어컨이 꺼졌다. 그래서 대부분의 학생이 에어컨을

트는 도서실로 피신했다. 하지만 도서실은 점심을 먼저 먹은 2학년들이 다 차지해서 힘없는 1학년들은 두 부류로 나뉘었다. 더위 먹은 얼굴로 복도에서 괴성을 지르며 슬리퍼 축구를 하는 반쯤 정신 나간 녀석들과 그럴 기운도 없다는 지친 표정으로 운동장 스탠드 계단에 옹기종기 모여 앉은 파였다. 나는 후자였다.

우리는 지붕 아래 그늘에서 손풍기로 더위를 달랬다. 그때 반장 조현승이 급식실에서 남은 걸 쓸어 왔다면서 구슬아이스크림을 봉지째 들고 왔다. 조현승은 쭈뼛거리며 하준에게는 두 개를 건넸다. 하준이 다시 학교에 나오면서부터 조현승은 티 나게 하준을 챙기고 있었다.

하준이가 고맙다며 받으려는데 세주가 하준의 몫을 냉큼 챙겼다. 나는 하준이 것 좀 그만 빼앗아 먹으라며 세주를 타박했다. 세주는 욕망의 두꺼비 표정으로 아이스크림을 들고 우리에게서 멀찌감치 떨어져 앉았다. 하준에게 들어보니 세주와는 어렸을 때부터 먹을 것 가지고 매일 싸웠다고 했다. 세주는 자신이 하준을 싫어하는 데 다 정당한 이유가 있다며 구슬아이스크림을 세 통째 비우며 열변을 토했다.

"뱃속에서부터 저 자식이 내 걸 다 빼앗아 먹었다니까? 그래서 저 자식은 쓸데없이 키가 크고 난 자라다 말았다고."

세주는 하준 덕분에 엄마가 요즘 콧노래를 부르며 외출한다는 걸 인정하면서도 먹는 것에는 여전히 예민했다. 세주는 하준의 키가 큰 게 몹시 불쾌하다고 불퉁거렸다. 그러면서 내가 그새 3센티미터 더 큰 건 자기 키가 커진 것처럼 좋아했다.

"나한텐 키 크다고 짜증 내면서 나인이 보면서는 흐뭇해하는 거 너무 모순 아니야?"

"나인인 우리 팀 에이스잖아. 김하준, 억울하면 키 10센티미터만 떼서 나 줘. 빨리!"

세주는 말도 안 되는 소리를 당당하게 했다. 하준은 옆에서 대꾸할 힘도 없다며 손풍기를 목에 대고 눈을 감았다. 매미가 짝을 찾고야 말겠다며 힘차게 울어댔고 우리가 앉은 자리로는 바람 한 점 불지 않았다. 땀이 폭발한 세주는 하준에게서 손풍기를 빼앗아 자신의 정수리에 바짝 대고 말했다.

"그러니까 너희 둘. 자꾸 한 프레임에 잡히지 말라고. 감정에 혼선 생기니까."

세주가 한 말은 농담이 아니라 진심이었다. 나란히 앉은 우리를 보는 세주의 눈썹 각도가 10시 10분이었다.

그때였다. 점심시간에 몰래 밖에 나갔다 온 우리 반 여자애들이 키득거리며 수돗가로 달려갔다. 얼마 지나지 않아 비명이 들렸다. 우리는 일제히 일어나 미어캣처럼 서서 수돗가 쪽을 보았다.

길게 이어진 파란 지붕 아래 양 끝에는 수돗가가 있었다. 오른쪽 수돗가에 있던 애들이 물을 가득 채운 물풍선을 왼쪽에 있는 애들에게로 던졌다. 도망치다 물풍선에 등을 맞은 애가 돌고래처럼 소리를 질렀다. 물풍선이 터지면서 순식간에 온몸이 젖었다. 세주가 바닥까지 비운 구슬아이스크림을 버리고 홀린 듯이 수돗가로 달려갔다.

"나도 하나만."

"나도 나도."

우리는 누가 먼저랄 것도 없이 모이를 달라고 조르는 아기 새처럼 물풍선 좀 나눠 달라고 손을 내밀었다. 애들은 자기들 편의 머릿수를 늘리기 위해 물풍선을 마구 나눠주었다. 세주는 풍선에 물을 가득 채우자마자 하준에게로 던졌고, 하준은 반대쪽 수돗가로 가서 물풍선을 채웠다. 물을 많이 넣을수록 잘 터지는 원리라 나도 하준을 따라서 최대한 물을 많이 담으려고 했다. 결국 욕심을 부리다가 다른 애가 던진 물풍선에 맞아 속까지 다 젖어버렸다. 순식간에 나는 맞히기 좋은 과녁이 되어버렸다.

"너희들 오늘 다 죽었어! 딱 기다려!"

나는 크게 한 방을 노리겠다며 풍선에 물을 가득 채웠다. 그러는 사이 무방비한 나에게 집중적으로 물풍선이 쏘아지자 하준이 달려왔다. 그러고는 팔을 벌려 나를 안고 물풍선을 막아 주었다. 순식간에 벌어진 일이었다. 나는 하준과 너무 가까워서 숨도 제대로 쉬지 못했다. 하준은 민망했는지 발그레해진 얼굴로 조그맣게 말했다.

"선수 보호."

이 네 글자가 이토록 가슴 떨리는 말이었나? 하순이 나에게만 들리게 한 말의 함량을 분석해 보면 당 77퍼센트, 타우린 99퍼센트가 아닐까. 따가운 햇살 위로 물방울이 떨어지면서 우리 위로 무지개가 어른거렸다.

"아우, 이것들이! 신성한 학교에서 무슨 짓이야! 둘이 안 떨어져!"

세주는 물풍선을 빼앗아 우리에게로 쉴 새 없이 던졌다. 하준과 나는 비명을 질렀다. 이제부턴 정당한 복수였다. 나는 물을 가득 채운 물풍선을 세주의 정수리에 정확하게 맞혔고, 물벼락을 주고받은 우리는 눈을 질끈 감고 즐거운 비명을 질러 댔다. 처음으로 눈부신 여름이었다.

아낌없이 반짝이고 있어

"여기서 멈추려고요."

민서 선배가 차분한 목소리로 고개를 숙인 채 감독님께 말했다. 바구니에서 배구공을 꺼내 닦던 우리는 그쪽으로 온 신경이 향했다. 나와 세주는 놀란 표정으로 고개를 들고 서로를 쳐다보았다. 하지만 선배들은 미간을 좁힌 채 아무런 말이 없었다. 아마 며칠 전 열린 드래프트 결과로 짐작하고 있던 것 같았다.

8월 말 이틀간 구단 감독들이 트라이아웃을 열었다. 주말에 열린 공개 기량 테스트에서 선배들 모두 컨디션이 좋아 선전했다고 들어 기대가 컸다. 시온 선배는 마지막 4라운드에 뽑혔고, 예준 선배는 아슬아슬하게 수련 선수로 호명되었으나, 민서 선배는 떨어졌다. 사회자가 마지막으로 지명할 팀이 더 없는지 물었을 때 구단 관계자들은 모두 침묵했다. 그 순간 내가 그 자리에 있는 것처럼 가슴이 쪼그라들었다.

열다섯 학교의 졸업 예정자 중 서른아홉 명이 드래프트에 참여했는데, 수련 선수 두 명을 포함해 열세 명만이 프로에 들어갈 기회를 얻었다. 33.3퍼센트. V-리그가 출범한 이래 신인 지명률이 가장 낮았다. 초등학교 때부터 학교에서 밥 먹고 운동만 했는데도 프로의 세계는 냉정했고, 프로의 문은 갈수록 더 좁아지고 있었다.

드래프트에서 떨어지면 실업팀에 가거나 대학리그로 빠졌다. 하지만 민서 선배는 그러지 않고, 감독님과의 상담에서 배구에 마침표를 찍겠다고 이야기한 것이다. 중학교 때는 주장도 맡았지만 고등학교에 와서 실력 차가 벌어지며 그간 생각이 많았다고 했다.

"이제 저만의 답을 찾아야죠."

대외적인 대답은 그랬지만 민서 선배는 우리에게 이렇게 말했다. 좋아했던 만큼 사랑받지 못하면 그게 그렇게 미울 수가 없다고. 키도 실력도 성장이 멈춘 작년부터 계속 마음이 지옥이었다고 했다. 우리 앞에서는 언제나 엄마처럼, 때로는 코치님처럼 챙겨주던 민서 선배였기에 감춰온 속내를 들었을 때

마음이 더 아렸다.

"난 코트에 서면 너무 평범해. 그래도 좋아하면서 끝낼 수 있어서 다행이다."

다행이라고 말하는 선배의 목소리가 떨렸다. 실패했다는 건 도전했다는 증거이고, 지쳤다는 건 노력했다는 것이었다. 민서 선배는 지금까지 도전했고 노력했다. 우리는 그 마음을 알기에 숙연해졌다. 고요한 침묵이 우리 위로 내려앉았다. 세주가 침묵을 깨고 목소리를 높였다.

"아직 안 끝났어요. 전국체전이 남았잖아요. 우리 거기서 우승해요!"

의자 뺏기 게임에서 졌다고 행복까지 빼앗겨야 하는 것은 아니다. 마지막은 다른 누군가로부터 선택을 기다리는 게 아니라 우리가 스스로 만들어가자며 다들 흥분했다. 우승은 결코 혼자서 만들 수 없었다. 예준 선배와 시온 선배가 양쪽에서 민서 선배의 어깨에 팔을 두르며 말을 보탰다.

"역시 피날레는 우승이지! 하자 하자!"

아침엔 춥고 낮엔 더운 날씨 속에서도 우리는 매일 아침저녁으로 체육관에서 훈련했다. 오늘이 무슨 요일인지, 며칠인지도 모른 채 그냥 배구만 했다. 오직 배구만.

출발 전날, 가방에 세면도구와 옷을 챙기고 있었다. 그러던 중 하준이 아파트 뒤쪽 놀이터에서 보자며 나를 불렀다. 내려 갔더니 하준이 내가 좋아하는 선수 인터뷰를 찾아봤다며 수줍게 말을 꺼냈다.

"큰 경기 전에 노래 들으면서 마인드 컨트롤을 한다더라고. ……이거 받아."

선곡은 자신이 비분학 풀다가 잃어버린 자존감 찾으러 종종 들어가는 플레이리스트 맛집을 참고했다고 했다. 그러고는 언제 마지막으로 썼는지 기억조차 가물가물한 MP3 플레이어에 노래를 담아 주었다.

"이런 유물을 아직도 쓴단 말이야?"

장난조로 하준을 놀리며 손을 뻗었다. MP3 플레이어를 건네받는 순간 하준과 손끝이 닿았다. 찌릿 전기가 올랐다. 날씨가 좀 건조하긴 했지만 겨울도 아닌데? 하준을 바라보았더니, 하준의 얼굴이 딸기맛 아이스크림을 볼에 문지른 것처럼 발그레했다. 나 역시 꼭 일기장을 들켜버린 듯한 느낌이었다. 나는 민망해서 잘 듣겠다고 말하고 MP3 플레이어를 주머니에 쑤셔 넣었다. 노래 선물도 받았는데 나도 뭐라고 말을 좀 해야 할 것 같아 쭈뼛거리다가 입을 뗐다.

"이번에 중간고사 진짜 어려웠지? 아우, 이상한 백이상! 진도 안 나간 것도 연계라고 치사하게 막 내고. 시험지를 열두 장 주면서 50분 안에 다 풀라니, 진짜 말도 안 된다니까."

담임 험담으로 시작했지만 사실 내가 하고 싶은 이야기는 따로 있었다. 아까 조현승이 국어 주관식 답안지를 확인하고 들어오면서 씨익 웃던 모습이 떠올랐다. 조현승의 유일한 약점이 국어였는데, 아무래도 그것까지 잘 본 것 같았다.

"조현승 그 자식이 시험 가지고 또 너한테 느리니 뭐니 하면서 거들먹거리면 바로 메시지 보내."

"걔가 뭐라고 하든 이제 상관없어. 누가 뭐래도 내가 재미있으면 그만이지."

나는 놀란 얼굴로 하준을 바라보았다. 하준은 그사이 키가 조금 더 큰 것 같았다. 늘 움츠리고 구부정하게 걸었던 어깨를 반듯하게 펴서 그렇게 보이는 걸까. 그게 뭐든 하준이 좀 다르게 보였다. 하준은 나를 바라보며 담담하게 말했다.

"재미를 따라가다 보면 나도 너처럼 가슴 뛰는 꿈이 생기지 않을까. 꿈이 생기면 너한테 제일 먼저 말해줄게. 메시지 말고 이렇게 둘이 만나서."

"……어."

"약속.'

하준은 내게 새끼손가락을 내밀었다. 나는 홀린 듯 손을 내

밀어 하준과 약속했다. 달빛처럼 하얀 가로등 아래, 주위의 모든 소리가 지워지고 우리 둘만 존재하는 것 같았다. 하준과 나는 서로에게서 눈을 떼지 않았다.

우리는 대회 첫날부터 파죽지세로 쭉쭉 치고 올라갔다. 하지만 크고 작은 부상을 피할 수 없었다. 나는 엄청난 기세로 올라온 사당고와의 준결승전 4세트에서 공을 받다가 삐끗해 약지와 소지를 다쳤다. 그러나 응급처치를 받은 후 손가락 두 개를 밴드로 감고 경기를 계속했다.

불운은 거기서 그치지 않았다. 하린 선배가 5세트 동점일 때 공을 받으러 무리해서 코트 밖으로 달려가다 넘어지며 발목을 접질렸다. 우승까지 이제 딱 한 경기가 남은 상황이었다.

준비를 마치고 결승전이 펼쳐지는 경기장에 들어서니 확실히 분위기가 전과 다른 게 온몸으로 느껴졌다. 전국체전 결승전이라 관중석이 꽉 차 있었다. 정예고 쪽에서는 교장 재량으로 1, 2학년 전체가 응원을 왔다고 했다. '정예고가 정예고했다!'라고 쓰인 현수막이 크게 걸려 있었고, 우리 쪽도 질세라 '언더독의 반란을 보여주마!'라는 현수막이 크게 자리했다.

나는 이어폰을 끼고 MP3 플레이어에서 흘러나오는 노래에 집중했다. 심장을 쏘는 것 같은 리듬에 고개를 끄덕이며 왼쪽

다리부터 보호대를 찼다.

주심의 휘슬 후 선수들 호명이 이어졌다. 등번호 8번 최민서, 등번호 1번 이예준, 등번호 11번 김세주, 등번호 7번 한소라, 등번호 5번 박하린, 등번호 9번 구나인, 등번호 15번 곽시온, 감독 윤경주 순으로 이름이 불렸다. 우리는 끝에서부터 하이파이브를 하면서 코트로 뛰어갔다.

시작 직전 예준 선배가 우리를 모아 짧게 말했다.

"자, 오늘이 마지막이야. 후회 없게 코트에서 다 쏟아내자! 가자!"

주장이 동전 던지기에 졌고 정예고가 먼저 서브권을 가져갔다. 우리는 있는 힘껏 제자리에서 뛰며 기세 좋게 하이파이브한 뒤 코트에 자리를 잡았다.

경기가 시작되었다. 정예고에서 스카이 서브로 날린 공이 코트 위를 날았다. 우리는 저마다의 위치에서 움직이며 공을 올려다보았다. 뒤에서 시온 선배가 높게 올린 공이 세주에게로 향했다. 세주는 점프 토스로 네트 가까이에 있는 예준 선배에게로 공을 쐈주었다. 세주는 작은 신장의 단점을 극복하기 위해 지난여름부터 점프 토스를 훈련했다. 세주에게 강도 높은 체력 훈련을 권한 건 윤 감독님이었다.

"진짜 원하는 순간은 딱 바닥에 주저앉고 싶을 때 찾아온다.

그때 뛰려면 두 다리에 힘이 있어야 해."

그때부터 세주와 나는 새벽마다 뒷산을 함께 오르며 다리 힘을 키웠다. 사실 나는 산 타기라면 자신 있었다. 어릴 때부터 아빠가 맨날 등산 가자고 꼬셨기 때문이다.

"점프할 때 힘은 다리에서 오는 거야. 팔이 길어서 손가락이 길어서가 아니야. 다리 힘을 키워야 해. 우리 나인이 다리는 아빠가 책임진다!"

아빠는 말만 멋있게 해놓고 따로 해주는 건 없었다. 산 정상에 오르기 위해서는 오직 자신의 힘으로 두 다리를 움직여야 하니까. 그래도 나는 아빠에게 배운 대로 세주에게 큰소리 땅땅 쳤다.

"김세주 다리는 내가 책임진다! 가자!"

세주는 물병을 들어준 적도 없으면서 책임은 무슨 책임이냐고 구시렁거렸다. 그러면서도 기를 쓰고 내 뒤를 쫓아왔다. 그렇게 우리는 이 순간을 위해 둘이서 함께 몸을 만들었다.

세주가 점프 토스로 정확하게 공을 배분하면서 우리 팀 공격이 다시 활발해졌다. 네트를 사이에 두고 공이 빠르게 오갔다. 나는 우리 쪽에 멀리 떨어지는 공을 거침없이 플라잉 디그로 살려냈다. 그러자마자 바로 앞으로 치고 나가 공격을 퍼부었다.

초반부터 공격이 휘몰아쳤고 순식간에 3점 차로 벌어졌다. 우리는 기를 쓰고 뛰어서 10여 분 만에 다시 동점을 만들었다. 스코어는 17 대 18. 한 점 차이로 엎치락뒤치락하며 시소 게임을 이어가던 중 실수가 나왔다. 코트 쪽으로 달려가며 때리려다 그만 라인을 밟아버린 것이다. 마음이 너무 급했다. 나는 전광판을 확인했다. 17 대 19. 오른손을 왼쪽 가슴에 얹고 왼손을 귀 위로 올려서 팀원들에게 미안하다고 수신호로 전했다. 예준 선배가 괜찮다며 내 등을 세게 두드렸다.

"나꾸, 신나게 휘저어 버려!"

나는 미꾸라지답게 무겁게 가라앉은 분위기를 휘저으며 다시 힘 있게 종횡무진했다. 한편 하린 선배는 경기 내내 낮게 자세를 잡은 채 손바닥으로 제 팔을 두드렸다. 자기 쪽으로 공이 오지 않을 때 습관적으로 제 손으로 때려서 공이 몸에 맞는 감각을 유지하려는 것이었다.

로테이션이 되면서 하린 선배가 본격적으로 활약할 타임이 돌아왔다. 소라 선배와 나는 딱 붙어서 블로킹으로 1점을 따냈고, 뒤이어 내가 페인트로 1점을 따내면서 다시 동점으로 만들었다. 하린 선배는 블로킹으로 점수를 따낼 때마다 맹수처럼 포효했다. 더는 코트 위에 기린은 없었다.

24 대 24 듀스까지 가는 접전 끝에 27 대 25로 1세트를 따

냈다. 벤치로 돌아온 우리는 바로 다음 경기를 준비했다. 세주는 여분의 헤어밴드로 바꿔서 착용했다. 옆에 있던 소라 선배는 소리를 너무 질러서 목이 쉬었는지 음료를 벌컥벌컥 들이켰다.

2세트도 악으로 깡으로 뛰었지만 2세트는 정예고가 이겼다. 늘 하던 블로킹이고 리시브인데 어느 순간 그 동작이 세트포인트가 되어 승패를 가르기도 했다. 3세트는 우리가 블로킹으로 가져왔고, 4세트는 정예고가 스파이크로 이기며 세트 스코어는 2 대 2 동점이 되었다. 이제 진짜 마지막이었다. 감독님이 5세트 시작 전 우리에게 힘을 불어넣어 주었다.

"너희보다 더 땀 흘린 팀이 있으면 우승하라 그래. 근데 내가 볼 땐 너희들이 제일 열심히 했어. 그러니까 코트에서 자신감 있게 플레이해."

우리는 구호를 크게 외치고 다시 코트로 들어갔다. 마지막 5세트가 시작되었다. 초반부터 점수를 주거니 받거니 하다가 상대 팀의 점수가 9점이 되었을 때 우리 쪽에 서브가 돌아왔다. 5세트 시작부터 웜업존에서 열심히 밴드를 당기며 몸을 풀던 민서 선배가 원포인트 서버로 투입되었다. 제발 공이 네트에만 걸리지 않기를 기도했는데, 민서 선배가 서브에이스로 점수를 따냈다. 그때부터 바람의 방향이 우리 쪽으로 바뀌며 앞서 나갔다. 우승이 곧 손에 잡힐 듯 코앞으로 다가왔다.

겨울 선배의 공격에 정예고도 다시금 불이 붙었다. 드래프트 1지명답게 토스 없이 2단 공격으로 스파이크를 내리꽂으면서 야금야금 점수를 따라잡더니, 어느새 12 대 12 동점이 되었다. 마지막은 범실 싸움이었다. 정예고도 우리도 바짝 긴장한 채 서로를 향해 마주 섰다.

긴 랠리가 이어지면서 누가 더 공을 놓치지 않는지 집중력 싸움이 벌어졌다. 랠리가 길어지자 우려했던 일이 벌어졌다. 땀이 많은 세주가 교체할 백업 세터도 없는 상황에서 체력이 급격히 떨어진 것이다. 세주의 숨소리가 거칠었고 가슴이 크게 오르내리면서 공이 정확하게 토스되지 않았다. 상대 팀에서 공이 오르내리는 동안 세주가 나를 향해 소리쳤다.

"나인아, 해줘!"

나는 그 순간 무슨 일이 있어도 득점해야겠다는 결의에 찼다. 정예고 아포짓 스파이커가 강스파이크로 내리꽂을 것처럼 폼을 잡더니 페인트로 우리 쪽에 슬쩍 넘겼다. 다행히 소라 선배가 아래쪽에서 재빨리 받아 올려 세주 쪽으로 넘겼다. 세주가 토스를 나에게로 뿌렸다. 역시나 예상대로 두 명의 블로커가 내 쪽으로 완벽하게 따라왔다. 이럴 땐 때릴 각이 나오지 않는다. 어쩔 수 없이 손끝의 모양을 보고 빈 곳을 향해 밀어

때렸으나, 득점엔 실패했다.

다시 공을 받아 올리고 내리꽂으며 경기를 이어갔다. 14 대 13 한 점 차이로 바짝 조여오자, 예준 선배가 팔 쪽의 유니폼을 말아 올렸다. 세게 공격 들어갈 테니 어디 한번 막아보라는 제스처였다. 우리는 여기서 경기를 끝낸다는 각오로 네트 너머 상대를 바라보았다. 온몸에 아드레날린이 휘몰아쳤고 근섬유가 곤두서 있었다. 꼬아놓은 고무줄이 피부를 찢고 나올 것처럼 팽팽한 게 온몸으로 느껴졌다. 이제껏 수천 번도 더한 동작이었다. 한 번 더 하는 것뿐이야.

나는 눈을 크게 뜨고 자세를 잡으며 상대 팀을 노려보았다. 공격과 수비가 빠르게 오가는 경기 속에서 공이 네트 너머로 넘어갔다. 상대 팀 찬스볼이었다.

우리는 재빠르게 어택 커버 포메이션을 취했다. 소라 선배가 넘어올 공을 막기 위해 네트 쪽으로 달려갔다. 혹여 공이 블로킹을 맞고 아래쪽으로 떨어질 걸 대비해 예준 선배가 거의 무릎을 꿇다시피 자세를 잡았고, 뒤에서는 민서 선배와 시온 선배가 허리를 구부린 채 멀리 튈 공을 준비했다. 세주는 공을 토스할 최적의 위치를 찾았고, 나는 코트 뒤쪽에서 발을 크게 벌린 채 동서남북 어디로든 뛸 준비를 마쳤다.

상대 팀에서 힘을 크게 실은 공이 내 쪽으로 넘어왔다. 나는 자세를 낮춰 디그로 공을 올렸다. 문제는 세주가 끝에서부터 뛰어오느라 자세를 잡을 시간이 부족하다는 것이었다.

"나한테 올려!"

나는 세주를 향해 소리쳤다. 세터가 궁지에 몰렸을 때 해결해 주는 게 에이스의 역할이었다. 나는 앞으로 달려갔고, 세주가 어택 라인 쪽으로 공을 뿌렸다. 백어택을 쏘기 위해 타이밍에 맞춰서 제자리에서 크게 위로 점프했다. 정확히 내 앞으로 날아오는 공을 보는 순간 온몸에 전율이 일었다. 세주가 나에게 약속했던 말이 떠올랐다.

"코트에서 내가 네 바로 앞에 공을 멈춰 놓을 테니까 나만 믿어."

세주가 과자 박스 안쪽에 마커펜으로 그린 배구공을 내 코앞에 들이댄 순간이 떠올랐다. 세주는 정말로 약속을 지켰다. 이제는 내가 그 믿음에 응답할 차례였다.

이 공이 나에게 오기까지 랠리를 거듭하며 모두의 손을 거쳤다. 경기 중에 공을 떨어뜨려서도 안 되고, 잡아도 안 되고, 혼자서 연속으로 건드려도 안 되는 배구에서는 결코 혼자서 싸울 수 없었다.

감독님이 늘 강조하시던 그것, 막상 코트에 들어서면 나를 증명하기 위해 바빴던 지난날들이 파노라마처럼 빠르게 스쳐

갔다. 부상 트라우마 때문에 한때는 지옥 같던 코트를 다시 제일 재미있는 놀이터로 바꿔준 건 한 몸처럼 움직이는 팀원들이었다. 이 공에는 나에게 오기까지 그간 우리가 함께 흘렸던 땀과 눈물이 묻어 있었다.

나는 팀원들이 만들어준 기회를 승리로 바꾸기 위해 어깨를 활처럼 당겼다. 그러고는 코트 너머 빈 곳을 발견했다. 눈치 빠른 겨울 선배가 길게 땋은 머리를 휘날리며 내가 노린 위치로 달려가 공을 받을 자세를 잡았다. 하지만 공에 손이 붙는 순간 나는 알았다. 이건 누구도 막을 수 없다.

내 손을 떠난 공이 빠르게 회전하며 상대 팀 코트를 향해 화살처럼 날아갔다.

탕!

경쾌하게 바닥을 울리는 소리가 심장을 때렸다. 나도 드디어 세상에서 제일 멋진 소리를 만들어냈다. 두려움은 사라지고 다시 설렘이 꿈틀거렸다.

스파이크가 성공하면서 우리는 15 대 13으로 이겼다. 드디어 우승이었다!

나는 주먹을 쥐고 맹수처럼 포효했다. 멋지게 세리머니해야 하지 않을까 생각이 드는 순간, 내 몸 위로 팀원들의 손과 얼굴이 겹쳤다. 다들 소리 지르고 껴안고 볼뽀뽀를 하며 난리가 났다. 모두 울고 있었고 또 웃고 있었다.

혼자라고 느낄 때는 엄청나게 커다랗고 막막해 보였던 네모가, 팀원들과 시선을 교환하고 함께 호흡을 맞추니 딱 맞게 느껴졌다.

이제야 알았다. 우리는 한 팀으로 네모난 코트 위에 섰을 때 가장 찬란하게 빛났다.

좌절금지!

이마에 느낌표까지 박은 금언을 부적처럼 붙이고 쉬지 않고 달려왔다. 나에게도 빛나는 날이 올 거라고, 사람들이 내가 여기 있다는 걸 알아봐 줄 거라고, 네트 너머로 날아오는 공을 쫓듯 목표만 보며 달리다가…… 결국 넘어졌다.

언제나 그랬듯 툴툴 털고 일어날 줄 알았는데, 그간 너무 몰아붙인 탓인지 다시 일어나지 못했다. 재능은 좀 부족해도 성실과 노력의 아이콘이라고 자부했는데, 핑계 뒤에 숨는 날이 오고야 만 것이다.

침대에 붙어 있는 시간이 길어질수록 불안감은 더 심해졌다. 세상 모두를 향한 질투가 꿈틀거려 끙끙 앓았고, 어른답지 못하게 힘들어 죽겠다고 징징대는 나 자신이 몹시 미워졌다. 나는 내가 무너졌다는 것을 스스로 인정하기까지 꽤 오랜 시간이 걸렸다.

시간이 빨리 가버리길 바라던 어느 날, 우연히 배구 경기를 보았다. 학생 때 야구선수였던 오빠를 통해 선수들이 경기장에 서기까지 얼마나 힘든 시간을 보내는지 지켜봤다. 그래서 배구 선수들이 실점해도 웃으며 서로를 격려하는 모습이 이해되지 않았다. 저게 가능하다고? 어떻게 그럴 수 있는지 알고 싶었다. 그리고 나도 거기에 은근슬쩍 끼고 싶었다.

그날 이후, 배구 경기를 틀어놓은 채 밀린 설거지도 하고 청소도 하며 다시 움직이기 시작했다. 꽉 들어찬 관중석에서 선수들을 향한 함성을 들을 때면 괜히 내가 응원받는 것처럼 기운이 불끈거렸다. 돌아보면 이 작품을 쓰는 동안 항상 심해처럼 고요하던 작업실이 전에 없이 활기가 넘쳤다. 열정의 아이콘 나인 덕분에 나는 길고 어두운 터널을 통과할 수 있었다.

살면서 항상 씩씩할 수만은 없다. 나인과 세주, 그리고 하준을 함께 응원하며 따라와 준 독자들에게 꼭 말하고 싶다. 좌절해도 된다고. 그까짓 것 좀 느리고 버벅대도 괜찮다고. 그러니 힘들고 지친 나 자신에게 너무 야박하게 굴지 말고, 맛있는 것도 많이 먹고, 친구들이랑 콧바람도 쐬면서, 재미있는 것도 실컷 보라고 얘기하고 싶다.

내가 생각지도 못한 곳에서 뜻밖의 응원을 받은 것처럼, 이 글을 읽는 모두에게 아낌없이 반짝이는 열정과 비타민C 같은 에너지가 전해졌으면 좋겠다.

오늘도 하이틴!

김영리

슈퍼 루키

초판 1쇄 인쇄 2025년 2월 10일
초판 1쇄 발행 2025년 2월 20일

지은이 김영리
펴낸이 김선식

부사장 김은영
콘텐츠사업본부장 임보윤
책임편집 김유리　**책임마케터** 이고은
콘텐츠사업10팀장 김정택　**콘텐츠사업10팀** 이슬, 이나영, 김유리
마케팅2팀 이고은, 배한진, 양지환, 지석배
미디어홍보본부장 정명찬　**브랜드홍보팀** 오수미, 서가을, 김은지, 이소영, 박장미, 박주현
채널홍보팀 김민정, 정세림, 고나연, 변승주, 홍수경
영상홍보팀 이수인, 염아라, 석찬미, 김혜원, 이지연
편집관리팀 조세현, 김호주, 백설희　**저작권팀** 성민경, 이슬, 윤제희
재무관리팀 하미선, 임혜정, 이슬기, 김주영, 오지수
인사총무팀 강미숙, 이정환, 김혜진, 황종원　**제작관리팀** 이소현, 김소영, 김진경, 최완규, 이지우
물류관리팀 김형기, 김선진, 주정훈, 양문현, 채원석, 박재연, 이준희, 이민운
외부스태프 디자인 소요　**일러스트** 무디

펴낸곳 다산북스　**출판등록** 2005년 12월 23일 제313-2005-00277호
주소 경기도 파주시 회동길 490
전화 02-704-1724　**팩스** 02-703-2219　**이메일** dasanbooks@dasanbooks.com
홈페이지 www.dasan.group　**블로그** blog.naver.com/dasan_books
종이 스마일몬스터　**인쇄** 민언프린텍　**후가공** 제이오엘앤피　**제본** 다온바인텍

ISBN 979-11-306-6330-2 (43810)